Chiara Gamberale

Das 10-Minuten-Projekt

Roman

Deutsch von Valerie Schneider

BLOOMSBURY BERLIN

Für Yab,
für sämtliche Minuten
seiner Zukunft

Seit jeher hatte ich in ein und demselben Landhaus vor den Toren Roms gelebt, erst mit meinen Eltern, dann mit einer Reihe von Mitbewohnern und schließlich mit dem Mann, der später Mein Ehemann werden sollte. Seit zehn Jahren war ich verheiratet. Seit acht Jahren hatte ich in einer Wochenzeitschrift eine Kolumne, »Sonntagsessen«, für die ich jeweils sieben Tage lang, von Sonntag bis Sonntag, bei einer stinknormalen oder auch völlig skurrilen Familie zu Mittag aß, um von ihr zu erzählen.

In weniger als einem Jahr geschah dann Folgendes: Mein Ehemann bestand darauf, dass wir in die Stadt zogen, ging nach dem Umzug für ein Masterstudium nach Dublin und teilte mir einen Tag vor seiner geplanten Rückkehr am Telefon mit, dass er nicht zurückkommen würde. Aber ja, es gehe ihm gut und ich solle mir keine Sorgen machen, falls ich eine Weile nichts von ihm hörte, im Gegenteil, er habe ja gerade herausgefunden, wie viel besser es ihm ohne mich ging; kurz und gut, er müsse sich Urlaub nehmen, von seiner Arbeit und von unserer Ehe. Um nachzudenken. Allein. In Irland.

Der Herausgeber der Zeitschrift war weniger einfühlsam und ersetzte meine Kolumne, ohne mir ein Wort davon zu sagen, mit dem Liebeskummerkasten einer gewissen Tania Melodia, moralische Siegerin der letzten Staffel von *Big Brother*.

Mein Vater, meine Mutter, mein Bruder und meine Freunde, die unbeirrt auf ihrem Posten blieben, während in mir und um mich herum alles zusammenbrach, wechselten sich in der ersten Zeit damit ab, bei mir zu schlafen, mich ins Kino oder in den Park, zur Karaoke, ins Fußballstadion oder in den Urlaub zu schleppen, und ertrugen die ewig langen Telefongespräche mit mir. Doch natürlich besaßen sie noch ein eigenes Leben, dem sie sich völlig zu Recht wieder zuwandten, wenn sie auflegten. Die Einzige, die kein Leben mehr hatte, war ich. Stattdessen war da bloß eine zerfaserte und verletzte Masse, mit dem Verlust als einziger Achse, um die sie sich drehen konnte.

Als der erste unerträgliche Schmerz nachließ, blieb noch nicht mal er, um mir ein wenig Gesellschaft zu leisten. Wenn ich ins Bett ging, war meine einzige Hoffnung vor dem Einschlafen der Gedanke, nicht wieder aufzuwachen. Die eine große Liebe, die mir zustand, hatte ich gehabt. Die besten Romane, die ich schreiben konnte, hatte ich geschrieben – zumindest würde ich mein tiefstes Inneres nicht noch einmal in ein Buch legen können, wenn ich nichts mehr erlebte, das mich wirklich berührte. Und das Haus meiner Kindheit hatte ich hinter mir gelassen und mit ihm jegliche Aussicht auf etwas Gutes in meinem Leben.

»Wenn es nichts mehr zu schreiben gibt, nichts mehr zu erleben, keine Familie mehr, die mir jede Woche zumindest die Illusion schenkt, meine eigene zu sein, was soll ich dann noch auf dieser Welt?«, fragte ich jeden Montag meine Therapeutin, Dr. T.

Bis sie mir schließlich am Ende einer Sitzung in ihrer eindringlichen und leicht mystischen Art einen Vorschlag hinwarf: »Haben Sie Lust auf ein Spiel?«

»…«

»Machen Sie ab jetzt einen Monat lang zehn Minuten am Tag etwas, das Sie noch nie gemacht haben.«

»Und was?«

»Irgendwas. Hauptsache, Sie haben es in Ihren fünfunddreißig Jahren noch nie gemacht.«

»Fast sechsunddreißig.«

»Okay, fast sechsunddreißig. Machen Sie jedenfalls irgendetwas Neues.«

»Einen Monat lang.«

»Ja.«

»Zehn Minuten lang.«

»Ja.«

»Aber … Meinen Sie wirklich, das bringt etwas?«

»Das hängt von Ihnen ab. Spiele sind was für ernsthafte Leute. Wenn Sie sich entschließen, damit anzufangen, dürfen Sie keinen einzigen Tag auslassen.«

»Und dann?«

»Wie dann?«

»Was kann ich dabei am Ende gewinnen? Kriege ich dann mein Leben zurück?«

»Darüber sprechen wir in einem Monat, Chiara. Bis dahin spielen Sie. Und nicht vergessen: Sie müssen vollen Einsatz zeigen und dürfen nicht schummeln. Auf Wiedersehen!«

»Wiedersehen.«

Ich hatte nichts zu verlieren. Genau das war ja mein Problem. Und somit war das jetzt *die* Gelegenheit, es auszuprobieren.

Das Zehn-Minuten-Projekt.

Montag, 3. Dezember
Sonnenaufgang 7:20 – Sonnenuntergang 16:40

Pinkfarbener Nagellack

Die Praxis von Dr. T. befindet sich im Zentrum Roms, nicht weit von dem Haus entfernt, in das Mein Ehemann und ich zweieinhalb Monate vor seinem Anruf aus Dublin gezogen waren.

Zwischen der Praxis und unserer Wohnung liegt der Schönheitssalon *Isla*, geführt von Cristina und Tiziana, den einzigen Menschen, die mir sofort vertraut geworden sind in einer Stadt, die mir immer leicht feindselig erschienen und die, seit Mein Ehemann mich verlassen hat, zu einer konstanten Bedrohung geworden ist.

Mein ganzes bisheriges Leben hatte ich in Vicarello verbracht, einem winzigen Ort eine Stunde von Rom entfernt, der schläfrig und gelangweilt an seinem kleinen See liegt. Dort habe ich viel durchlebt: Traurigkeit, Glück, einen Pagenschnitt, lange Haare, kurze Haare, Masern, schmutzige Knie, die Albträume einer Zehnjährigen, die schlimmen Geheimnisse einer Fünfzehnjährigen, die Enttäuschungen einer Zwanzigjährigen und die Verwunderung einer Fünfundzwanzigjährigen. Sämtliche Dummheiten der Zehn-, Fünfzehn-, Zwanzig- und Fünfundzwanzigjährigen habe ich begangen, während um mich herum meine Mutter kochte, mein Vater aus dem Haus ging und wiederkam, mein Bruder geboren wurde, eine Katze herumlief, dann ein Hund und noch ein Hund, ein Mitbewohner, noch ein Mitbewohner und noch einer, ich mich verliebt habe, meine Liebe erwidert wurde und dann wieder nicht, ich verlassen wurde und dann wieder nicht, ich angeödet war, schlecht gelaunt, gewollt, verloren, ein Trottel, eine Ehefrau.

Dabei jedoch stets und ständig behütet:

Vor der brutalen Wirklichkeit, behauptete ich.

Vor der Verantwortung, richtig erwachsen zu werden oder zumindest so einigermaßen, behaupteten die anderen. Solange du nur durch einen Gemüsegarten musst, um zu deinem Elternhaus zu kommen, ist alles bloß eine Farce, verstehst du das nicht?

Fest steht jedenfalls, dass ich niemals von dort weggegangen wäre, wenn die Elektrik nicht völlig marode gewesen wäre und mein Haus in Vicarello nicht mit seinem ganzen Selbst nach einer Sanierung geschrien hätte. Doch die brauche Zeit, erklärten die Handwerker, viel Zeit.

Warum mieten wir dann nicht einfach für ein paar Jahre eine Wohnung in Rom, verkaufen irgendwann das Haus in Vicarello und leisten uns was in der Stadt?, hatte Mein Ehemann gefragt. Das heißt, wenn du endlich eingesehen hast, dass es sich dort viel besser lebt, nämlich weit weg von Mama und Papa statt nur einen Tomatenwurf entfernt und endlich mittendrin statt außen vor (und sei es nur, weil ich, statt mit dem Auto zwei Stunden zur Kanzlei und wieder zurück zu brauchen, zu Fuß zur Arbeit könnte und du, die keinen Führerschein hat, nicht mehr dein halbes Leben im Zug verbringen müsstest).

Okay, hatte ich gesagt.

Wenn ich Vicarello ohnehin verlassen und ins Exil musste,

war mir ein Ort so recht wie der andere, Hauptsache, Mein Ehemann war bei mir.

Doch nach nicht einmal drei Monaten sollte er mich alleinlassen in diesem verfluchten Haus, diesem verfluchten Viertel, dieser verfluchten Stadt.

Aber dass der Schönheitssalon *Isla* tatsächlich eine Insel ist in diesem römischen Lärm, der einem so sinnlos erscheinen kann, wenn man nicht mehr weiß, wer man ist, und dass Cristina und Tiziana nichts von der eilfertigen Freundlichkeit, dem netten, aber unpersönlichen Gebaren haben, zu dem einen das Arbeiten in dieser Gegend zwingt, habe ich sofort gemerkt.

Tiziana sieht immer vergnügt aus, auch wenn sie gerade ernst ist, sie hat große Augen und ein Gesicht, das ständig in Bewegung ist, wodurch sie wie eine lustige Comicheldin wirkt. Doch ohne dass man es merkt und gerade weil man es nicht merkt, erinnert sie einen auch an die ernsten Dinge des Lebens, an das Paradox des menschlichen Wesens, an Gott.

Cristina ist die Besitzerin des Schönheitssalons, sie hüllt sich oft in langes Schweigen. Ihr Blick ist dunkeläugig und intelligent, sie liebt es zu lesen und auf Tauchgang zu gehen, im Meer wie in sich selbst.

Sie ist es, die mir aufmacht, als ich dort klingele, kaum dass ich die Praxis meiner Therapeutin verlassen habe.

»Kannst du mich einschieben?«, frage ich.

»Wie viel Zeit brauchst du denn?«

»Nur zehn Minuten.«

Der Vorwurf, den ich von Cristina und Tiziana ständig zu hören bekomme, ist, dass ich mich nie zu einer radikalen Körperenthaarung oder einer exotischen Massage durchringen kann, kurz, zu etwas, das einer Kosmetikerin eine Sternstunde verschaffen könnte, eine Befriedigung, die darüber hinausgeht, der Kundin zum gewerkschaftlich festgelegten Minimum an Ansehnlichkeit verholfen zu haben.

»Okay, komm rein«, sagt Cristina.

Sobald ich ihr das Zehn-Minuten-Spiel erklärt habe, fangen ihre Augen gefährlich an zu leuchten. Sie macht sich daran, in einer Schublade zu wühlen, und holt schließlich ihre Sammlung an Nagellackfläschchen hervor.

Ich bekomme es mit der Angst zu tun.

Sie wählt einen pinkfarbenen Nagellack aus. Mit Glitzer.

Meine Angst wächst. »Aber nicht die Hände!«

»Oh doch«, erwidert sie. »Hände und Füße. Vielleicht brauchen wir ein bisschen länger als zehn Minuten, aber das macht doch nichts, oder? Zieh dir die Schuhe aus und setz dich.«

Ich ziehe mir die Schuhe aus und setze mich.

Der einzige Nagellackfarbton, den ich jemals für mich in Erwägung gezogen habe, ist Schwarz, und auch das nur unter Vorbehalt:

Weil du Bücher schreibst und deshalb nicht für ein flatterhaftes Ding gehalten werden möchtest, das Geschichtchen erzählt, um sich selbst zu verstehen, sondern dich als strenge und engagierte Intellektuelle ausweisen willst, die ernsthaft und blass auszusehen hat, haben Cristina und Tiziana immer gesagt.

Weil leuchtende Farben der so beängstigenden Wirklichkeit scheinbar die Erlaubnis erteilen, einfach so weiterzumachen wie bisher, habe ich immer gesagt.

Weil dein Vater als erstgeborenes Kind gern einen Jungen gehabt hätte und du ihn nicht auf ganzer Linie enttäuschen willst, sagte Mein Ehemann immer.

Cristina fängt an, mir eine transparente Grundierung auf die Zehennägel zu pinseln.

»Und was soll das bringen, dieses Zehn-Minuten-Spiel?«, will sie wissen.

»Weiß nicht, das hat mir meine Therapeutin nicht gesagt. Ich glaube, es soll vor allem mein Gehirn beschäftigen, die Leere in mir ausfüllen und Ordnung in die Verwirrung bringen, die an die Stelle meines Lebens getreten ist.«

»Leere und Verwirrung sind immer noch besser als dein Exmann.« Cristina ist nie eine glühende Anhängerin meiner Ehe gewesen. »Schon als du zum ersten Mal hier warst, mit ihm per SMS gestritten hast und nicht erklären konntest, worüber eigentlich, war mir klar, dass es zwischen euch nicht mehr lange halten würde.«

Ich habe noch nicht den Mut gefunden, Cristina zu gestehen, dass Mein Ehemann seit drei Monaten eine Wiederannäherung probiert, auf seine Art.

Sagen wir mal so: Er ist endlich aus Dublin zurück.

In Wirklichkeit war er nur drei Wochen dort. Dann begann Siobhan, die Dolmetscherin, die er bei seinem Master kennengelernt hat, ihn zu langweilen. Also flog er nach New York, ließ sich eine Zeit lang sanft zwischen Leben und Sterben treiben und crushte den Sommer über in einem Jazz-Club Eis für die Mojitos, bis der September kam. Da war der Urlaub zu Ende, er mietete ein Zimmer bei einem Kollegen und verwandelte sich zurück in den brillantesten Anwalt seiner Kanzlei.

Ein paar Tage darauf erblickte er im Gericht die Tochter eines Angeklagten, den er verteidigte. Sie hatte lange Zöpfe, Angst in den Augen und presste eine Plüschgiraffe an sich, als sei die das einzige Wesen auf der Welt, das ihr Vertrauen verdiente und ihr noch Hoffnung gab. Sein Herz begann wie verrückt zu schlagen, Schweiß rann ihm über die Schläfen, dann wurde alles um ihn herum dunkel und er kam auf dem Boden wieder zu sich, während sein Mandant ihm die Beine hochhielt: Er hatte eine Panikattacke erlitten.

Dieses Mädchen hatte ihn plötzlich an jemanden erinnert.

Und dieser Jemand war seine Frau.

Wir lernten uns kennen, als wir beide achtzehn Jahre alt waren, Mein Ehemann und ich.

Unser Gymnasium nahm damals an einem Projekt des Kultusministeriums teil, das in den Schulen die Anwesenheit eines Psychologen testete. Einmal im Monat mussten die Lehrer in jeder Klasse mindestens einen Schüler bestimmen, der ihrer Meinung nach psychologische Hilfe brauchte.

Wir zwei gehörten zur ersten Gruppe, die ausgewählt wurde.

»Und, warum bist du dabei?«, fragte er mich.

»Weil ich finde, dass ich zu viel esse, meine Eltern und die Lehrer aber überzeugt sind, dass ich überhaupt nichts esse. Und du?«

»Weil meine Mutter sich in ihre Kartenlegerin verliebt und mich und meinen Vater verlassen hat.«

»Oh, das tut mir leid.«

»Mir nicht, es ist mir total egal.«

»Und warum wurdest du dann ausgewählt?«

»Weil meine Lehrer glauben, dass es mir nicht total egal ist. Jedenfalls hast du verdammt lange Zöpfe.«

»Und du hast gelbe Augen.«

Da war es schon um uns geschehen.

Wir sind miteinander gewachsen: So dachten alle, und so dachten auch wir.

Doch in Wahrheit wächst man nicht einfach so oder durch pure Zauberei miteinander. Man muss dabei im Gegenteil sehr achtsam bleiben. Wenn einer von beiden auch nur um einen halben Bewusstseinsgrad schneller wächst als der andere und der ihm das, statt ihn einzuholen, übel nimmt und wegrennt – zum Beispiel nach New York –, ist es ganz schön schwer, wieder zueinanderzufinden.

Bereits einige Monate vor dem Anruf aus Dublin hatte unsere Liebe aus Enttäuschungen und Missverständnissen bestanden, und nach seiner Rückkehr ging das Ganze von vorne los. Während Mein Ehemann seine Sachen in unserer Wohnung in Kartons packt, beteuert er dieser Tage, dass er sich noch nie so eng mit mir verbunden gefühlt hat, und ich habe keine Ahnung, ob ich das als Liebeserklärung oder Krankheitssymptom auffassen soll.

»Du weißt doch selbst, dass es nicht mehr so weitergehen konnte«, insistiert Cristina, während sie den pinkfarbenen Nagellack in die Hand nimmt.

Gott, ist der grausam, denke ich.

»Der ist wirklich schick«, sagt sie.

»Ja klar, ich weiß. Aber jetzt fühle ich mich total verloren.«

Sie beginnt mit der rechten großen Zehe.

Hilfe!

»Jetzt hör mal auf mit dem Gejammer. Du schreibst doch endlich an deinem neuen Roman, oder? Konzentrier dich einfach darauf!«

Zweite Zehe. Dann die dritte und die vierte.

»Du hast recht, Cri. Aber auch da läuft es nicht glatt. Ich bekomme die Geschichte nicht richtig in den Griff. Es geht darin um zwei Frauen, die im Supermarkt beobachten, was die jeweils andere einkauft, und sich gegenseitig um ihr Leben beneiden: Die eine ist Schauspielerin, eine Vagabundin mit unstetem Liebesleben, voller Leidenschaft, jedoch ohne inneren Frieden, die andere eine Familienmutter, die diesen Frieden gefunden zu haben scheint. Nur dass der sie erstickt, statt ihr Sicherheit zu geben.«

»Gefällt mir.«

Jetzt die kleine Zehe. Sieh sie dir an, diese winzige und zugleich so rosafarbene Zehe – pinkfarben, um genau zu sein.

Igitt.

»Die Sache ist die, dass ich momentan zwar genau weiß, was die Vagabundin denken und fühlen könnte, aber keine richtige Ausdrucksform für die Gefühle Ericas, der Familienmutter, finde. Mir kommt es so vor, als würde an den Stellen, die von ihr erzählen, ein wichtiges Schlüsselwort fehlen, um sich in sie hineinversetzen zu können.«

Und weiter geht's mit dem linken Fuß.

»Was ist denn ihr Problem?«

»Es ist nicht wirklich ein Problem … Es ist mehr so ein Gefühl. Kennst du das? Wenn dein Leben zwar dein eigenes zu sein scheint, nur ohne dich selbst?«

Und dann mit der rechten Hand.

»Ja klar. Wenn man sich fühlt wie in einem Vakuum. So nenne ich das immer.«

In. Einem. Vakuum. In einem Vakuum!

Ich fühle regelrecht, wie mir die Luft ausgeht und mein Körper anfängt zu schweben, ganz allein, in einer Art Plastiktüte. Und außerhalb der Tüte der Rest der Welt.

Könnte es sein, dass Erica sich so fühlt? Wäre das möglich?

Und weiter geht's mit der linken Hand.

Die ersten zehn Minuten sind vergangen.

Meine Nägel, zwanzig an der Zahl, leuchten pinkfarben und schämen sich dafür.

Sie gefallen mir nicht. Vielleicht aber auch doch. Sie sind so wenig meine eigenen, doch bin ich mir im Moment selbst so gleichgültig, dass sie mir fast schon wieder sympathisch sind.

Immerhin hat Erica, dank dieser zehn Minuten, nun ein Schlüsselwort, mit dem ich Zugang zu ihrem Inneren finde.

Manchmal kommt es mir in letzter Zeit so vor, als wäre ich, wie soll ich sagen: in einem Vakuum.

Ein schöner Ausdruck, der zu ihr passt. Perfekt für einen Roman, der im Supermarkt spielt.

Sicher, ich habe ihn Cristina zu verdanken, nicht dem Spiel. Aber ohne das Zehn-Minuten-Projekt wäre ich heute nicht hierhergekommen.

Tja.

Na ja.

Es lohnt sich vielleicht doch weiterzumachen.

Dienstag, 4. Dezember
Sonnenaufgang 7:21 – Sonnenuntergang 16:39

Das Fitnessstudio

In Vicarello ist das Fitnessstudio noch ein richtiges Fitnessstudio: So lautete eine meiner Beschwerden, kaum dass wir in die Stadt gezogen waren.

Tatsächlich gibt es in Vicarello, mal abgesehen vom Nötigsten, ein paar Felder und sonst nichts, während all die Schönheit in Rom wenig Platz für so etwas Sperriges wie ein ausgewachsenes Fitnessstudio lässt.

»Hier ist alles so linksalternativ«, beschwerte ich mich bei Meinem Ehemann.

»Genauso wie du«, bemerkte er.

»Okay, aber ein Fitnessstudio muss konservativ sein. Bist du schon mal in das bei uns um die Ecke gegangen? Da sieht es aus wie in einem alternativen Jugendzentrum. Sogar die Managerin wirkt mit ihrem intelligenten Gesichtsausdruck und den scharfsinnigen Witzen eher wie eine Bibliothekarin.«

»Das sind normalerweise genau die Eigenschaften, die du in einem Menschen suchst.«

»Aber nicht in einem Fitnessstudio! Im Fitnessstudio will ich nichts anderes als Fitness machen und meine Probleme dieser großartigen Babysitterin namens körperliche Betätigung überlassen. Und da hab ich überhaupt keine Lust, auf dem Laufband neben mir ein Model zu haben, das seiner Magersucht hinterherrennt.«

»Du hattest früher auch mal Mager–«

»Ja eben! Genau deshalb brauche ich ja, wenn ich mich von meinen Problemen ablenken will, Leute, die anders sind als ich. Verstehst du das nicht? Leute, die wirklich ins Fitnessstudio gehen, wenn sie ins Fitnessstudio gehen. Mit denen ich mich nicht identifizieren kann, die womöglich nicht mal merken, dass ich existiere. Ich will keine Gestalten wie mich, mit denen ich Schlafmitteltipps austauschen und darüber philosophieren kann, warum David Foster Wallace sich umgebracht hat, und dann womöglich noch wetteifern, wer ihn am meisten vermisst.«

»Es wird schon noch andere Studios in der Nähe geben als das direkt bei uns. Aber mach doch einfach, wie du meinst.«

Mach doch, wie du meinst.

Das war der Satz, mit dem Mein Ehemann in letzter Zeit allen Diskussionen ein Ende setzte, sobald klar wurde, dass es um mich ging und es keine Möglichkeit gab, das Ganze umzudrehen und die Aufmerksamkeit auf ihn zu lenken.

Und mit dem gleichen Satz beendete auch ich sämtliche Diskussionen, wenn das Gegenteil passierte und die Aufmerksamkeit sich nicht von ihm auf mich verlagern ließ.

Mach doch, wie du meinst.

Man wird so taub, wenn die Angst, sich zu verlieren, größer ist als der Wille, sich zusammenzureißen.

Tja. Bis Juni habe ich dann eben gemacht, wie ich meinte: Anstatt in das als Fitnessstudio getarnte alternative Jugendzentrum zu gehen, bin ich, um meinen Problemen ihren Babysitter nicht vorzuenthalten, zu Fuß zu den Familien nach Hause gegangen, die ich in meiner Kolumne »Sonntagsessen« vorstellte, und zu Fuß wieder zurück.

Stundenlang bin ich gelaufen, quer durch die ganze Stadt.

Seit Juli allerdings habe ich meine Kolumne nicht mehr und somit auch keine Familien, zu denen ich hin- und wieder zurücklaufen könnte.

Stattdessen habe ich eine Schlaflosigkeit, die Nacht für Nacht nach ihrem Babysitter schreit.

Und ich habe zehn Minuten, in denen ich etwas Neues tun muss.

Grosses Fitnessstudio im Zentrum von Rom tippe ich bei Google ein, sobald ich aufgewacht bin, die Finger noch etwas benommen vom pinkfarbenen Nagellack.

Ich klicke auf den ersten Eintrag: Fitnessstudio Royal Club, in der Via Barberini.

Draußen regnet es und es ist kalt. Aber jetzt habe ich es schon einmal so weit geschafft, also mache ich mich auf den Weg.

Gleich um die Ecke, so wie in Vicarello, ist es nicht gerade, denkt der Teil von mir, der sich noch nicht damit abgefunden hat, dort zu wohnen, wo er mindestens noch ein weiteres Jahr wohnen müssen wird. Der Teil von mir, der sich sein Leben lang nichts anderes gewünscht hat als die Sicherheit, die ihm seine Landstraße, sein Ehemann und seine Kolumne boten.

Aber so weit weg von zu Hause ist es auch wieder nicht. Außerdem trotzt es dem begrenzten Raum im Stadtzentrum mit Sälen im Souterrain, die für meine Ansprüche groß und »konservativ« genug sind, und auf einem der Laufbänder habe ich eine Frau mit zwei endlos langen Beinen gesehen, die gebräunt ist wie im Sommer und ein T-Shirt mit der Aufschrift OHNE SEHE ICH NOCH BESSER AUS trägt. Denkt der Teil von mir, der das Anmeldeformular unterschreibt.

Und so trage ich auch heute wieder, zusammen mit einem kleinen Handtuch als Begrüßungsgeschenk, stolz meine zehn Minuten nach Hause.

Mittwoch, 5. Dezember
Sonnenaufgang 7:22 – Sonnenuntergang 16:39

Die Geige

Mit der gewohnten Mühe, morgens das Bett zu verlassen, und diesen ungewohnt pinkfarbenen Nägeln stehe ich auf, mache mir einen Kaffee, schreibe am Roman und gehe zum ersten Mal in mein neues Fitnessstudio. Dort absolviere ich eine halbe Stunde Laufband, eine Viertelstunde Fahrrad und zwanzig Minuten Bauchmuskeltraining.

Bis auf einen älteren Herrn, der gemeinsam mit einem Personal Trainer gegen seinen Ischias ankämpft, ist niemand da; auf dreien der sechs Fernseher läuft eine Kochsendung, auf zweien ein Shopping-Kanal und auf einem RAI Sport. Keine meiner gefürchteten Doppelgängerinnen in Sicht; bisher enttäuscht mich der Royal Club nicht.

Danach gehe ich wieder nach Hause, schreibe noch ein bisschen und mümmle eine Schokoschnecke und einen Joghurt, wie immer, seit Mein Ehemann mir nicht mehr vorlebt, wie man als normaler Mensch zu Mittag und zu Abend isst – etwas, das mir ohnehin nie besonders gut gelungen ist.

Dann klingelt Rodrigo und steht nun vor mir, gut aussehend und kompliziert wie immer.

In mir / da ist irgendwas quer / doch das macht uns so gleich lautet eine Songstrophe der Band, in der er spielt, den Afterhours. Und sie sagt alles über uns.

»Hallo, mein Lieber.«

»Hallo, meine Liebe.«

Wir kennen uns seit ein paar Jahren, seit er die Musik für den Book-Trailer einer meiner Romane zusammengestellt hat, aber es ist, als hätte unsere Freundschaft viel weiter zurückliegende Wurzeln.

Er wurde in São Paulo geboren, wohnt mal hier, mal dort – momentan in Mailand –, und wenn er nach Rom kommt, lässt er sich gern auf unserer Schlafcouch nieder.

Meiner: *meiner* Schlafcouch.

Es gelingt mir noch nicht, mich selbst im Singular zu denken, vor allem nicht, wenn es um mich in Bezug auf diese Wohnung geht. Und so hat diese sich – in den ersten Monaten aus purer Not, inzwischen vielleicht mehr aus Faulheit – in eine Art Arche Noah verwandelt, in der man vor der Sintflut der Einsamkeit Schutz suchen und es sich mit anderen Tieren verschiedenster Gattungen gemütlich machen kann – Tieren, die allein sind, weil sie es gar nicht anders wollen, weil das nun mal vorkommt oder sie gerade verlassen wurden.

Als Mein Ehemann und ich in Vicarello lebten, stand unsere Tür stets offen für unerwartete Besuche. Doch wenn sie wieder zufiel, war immer noch er bei mir. Wenn die Tür jetzt hingegen wieder ins Schloss fällt, fühle ich mich manchmal noch einsamer und leerer als vor den Besuchen.

Über die Monate sind zu meinen alten Freunden die Freunde der alten Freunde hinzugekommen, und dann die Freunde der Freunde der Freunde, und sie alle kommen nun in Scharen vorbei, auf einen Kaffee, zum Fußballgucken oder einfach nur, um Hallo zu sagen. Sie gehen, kommen und gehen wieder. Doch es ist nichts zu machen: Wenn die Tür sich wieder schließt, ist die Leere manchmal noch größer als davor.

Es sei denn, jemand bleibt für ein paar Tage, so wie Rodrigo.

»Und, wie geht's dir?«

»Danke, schlecht. Keine Männer, keine Arbeit.«

»Aber deine Arbeit sind doch die Bücher, die du schreibst.«

»Das ist meine Leidenschaft.«

»Dann sieh mal, was für ein Glück du hast, beides miteinander verbinden zu können. Ich vergesse nie, wie privilegiert ich bin, dass ich vom Geigenspielen leben kann.«

Wie üblich hat er recht.

»Aber meine Kolumne hat mir eine Struktur gegeben, verstehst du? Sie war für mich wie ein Damm gegen die Flut der Leere, sie hat mir die Marschroute vorgegeben. Vor allem seit ...«

»... dein Ehemann dich verlassen hat, ja, ja. Jetzt ist aber mal genug, Chiara! Das ist jetzt fast ein Jahr her.«

»Okay, ja. Aber auch das Schreiben läuft Gefahr, ins Stocken zu geraten, wenn ich nichts habe, um die Leere in Schach zu halten.«

»Dann versuch doch endlich mal, der Leere ins Auge zu sehen.«

»Aber es ist so hässlich.«

»Was?«

»Das Auge der Leere.«

»Arme Leere, sie schielt doch nur ein bisschen.«

»Warum haben wir uns eigentlich nie ineinander verliebt, du und ich?«

»Um nicht alles kaputtzumachen, glaube ich.«

»Stimmt.«

Wir gehen eine Runde spazieren. Der gestrige Regen hat alle Wolken von einem Himmel gefegt, der das Blau erfunden zu haben scheint, so selbstsicher wirkt er.

Rodrigo erzählt mir begeistert von der Tour zur aktuellen Platte der Afterhours, von einem Mädchen, das endlich einmal anders ist als alle anderen, von Schmerzen im Arm und davon, wie spannend die Welt des Hip-Hop ist.

In den ersten Tagen nach dem Anruf Meines Ehemannes aus Dublin sah ich, wenn jemand mit mir sprach, nur dessen Mundbewegungen, hörte jedoch nichts. In meinem Kopf tönte nur eine penetrante Stimme: *Dein Ehemann hat dich verlassen, dein Ehemann hat dich verlassen*. Dann verging ein Monat, dann noch einer und noch einer, es vergingen vier, fünf und schließlich sechs Monate. Bis der Sommer kam und Gianpietro, von meinen alten Freunden der älteste, mich zusammen mit seinem aktuellen Liebhaber nach Formentera schleppte. Und ich kann nicht genau sagen, wie es dazu kam – denn de facto verbrachte ich zwei Wochen damit, allein auf der Veranda zu sitzen und zu rauchen –, doch irgendwann war es so weit: Eines Morgens im August wachte ich auf, und während das Meer einfach das Meer war, der Himmel der Himmel und Gianpietro Gianpietro, bemerkte ich es: dass da das Meer war, dass da der Himmel war und dass da Gianpietro war. Und mir wurde klar, dass ich überlebt hatte.

Auch jetzt gerade überrascht es mich wieder, einer Stimme zu lauschen, die nicht die meines erschöpften Gehirns oder meines wunden Herzens ist: Es ist wirklich und wahrhaftig die Stimme Rodrigos.

Als ich ihm vom Zehn-Minuten-Spiel erzähle, passiert es ganz von selbst.

»Unglaublich, dass du das noch nie ausprobiert hast«, sagt Rodrigo.

»Du hast es mir nie angeboten.«

»Du hast mich nie gefragt.«

Ich hatte mir so eine Geige viel schwerer vorgestellt. Dabei ist sie unfassbar leicht: Wenn man sie aus ihrem Kasten nimmt, hat man beinahe Angst, ihr wehzutun.

In den ersten zehn Minuten schafft es Rodrigo lediglich, mir die korrekte Körperhaltung zu zeigen. Dabei geht es mehr um Ästhetik als um Technik, erklärt er. Man sollte mindestens genauso schön sein wie das Instrument, das man in den Händen hält. Man sollte ihm gerecht werden. Dann bringt er meine linke Hand in die richtige Position, mit der rechten lässt er mich den Bogen greifen und mit ihm über die Saiten streichen.

Ich spiele einfach drauflos: Die Zeit reicht nicht, um zu lernen, wie man Noten greift. Trotzdem kann ich mir nun endlich vorstellen, was Rodrigo empfindet, wenn er es mit etwas so wunderbar Leichtem zu tun hat und es dazu bringen will, sein Äußerstes zu geben. Um zuallererst ihn selbst zu überraschen. Und dann die, die ihm zuhören.

Wenn wir auf die Welt kommen, bekommen wir ein wunderschönes Instrument geschenkt: Wir sollten ihm gerecht werden.

Dieses Instrument ist nicht nur schön, sondern auch sehr sensibel. Wir sollten es hegen und pflegen und unser Bestes geben, um es zum Klingen zu bringen. Denn das kann niemand anders als wir selbst.

Donnerstag, 6. Dezember
Sonnenaufgang 7:23 – Sonnenuntergang 16:39
Der Mond im letzten Viertel 16:33

Pancakes mit Nutella

»Hallo?«

»Ich bin's.«

»Hallo du.«

»Hallo, Mister Magoo.« So hat mich Mein Ehemann schon immer genannt. »Was machst du?«

»Ich schreibe.«

»Ich habe Mittagspause. Können wir uns treffen?«

»Wieso?«

»Ich muss mit dir reden, Magoo. Ich hatte heute Nacht einen Traum.«

»Aha. Was für einen?«

»Wir waren in Vicarello und im Garten sprangen zwei Weißrüssel-Nasenbären herum. Weißt du noch? Diese absurden Tiere, die wir in Costa Rica gesehen haben.«

»Klar weiß ich das noch.«

»Wir haben gelacht, in dem Traum. Und sind zusammen mit den Weißrüssel-Nasenbären rumgesprungen. Als ich aufgewacht bin, ging es mir total beschissen.«

»Willkommen in der Welt der Träume, die man hat, wenn gerade die eigene Ehe zerbrochen ist. Je schöner sie sind, desto mehr wirken sie beim Aufwachen wie Albträume.«

»Magoo.«

»Hm?«

»Unsere Ehe darf nicht zerbrechen.«

»Das ist sie doch schon.«

»Das stimmt nicht. Mensch, dass ich getan habe, was ich getan habe, dass ich mal einen Aussetzer hatte, macht mich doch nicht zum Monster. Ich war einfach unglücklich, Magoo. Zu unglücklich.«

»Das war ich auch. Aber ich wäre nie für neun Monate verschwunden. Ich hätte dich nie im Stich gelassen.«

»Und wenn vielleicht gerade mein Ausbruch unsere Chance ist, wieder zueinanderzufinden?«

»Das hängt von dir ab.«

»Nein, das hängt von *dir* ab. Seit unserem Umzug warst du unerträglich, verdammt noch mal. Völlig unerträglich. Ständig unzufrieden, ständig nervös.«

»Dieser Umzug war eine Qual für mich, das weißt du.«

»Aber damit hast du *mich* gequält.«

»Und du hättest mir helfen können, anstatt dich quälen zu lassen. Außerdem glaube ich nicht, dass mein Problem mit dem Umzug der Grund für das war, was zwischen uns passiert ist, zumindest nicht der einzige.«

»Da hast du sicher recht. Der wahre Grund war, dass du *erwachsen* geworden bist. Du weißt, wie ich darüber denke. Seit du angefangen hast zu schreiben, seit sie dir diese verdammte Kolumne gegeben haben, kurz, seit du begonnen hast, dich zu *verwirklichen*, habe ich jeden Tag mein kleines Mädchen mit den Zöpfen, das damals beim Psychologen im Wartezimmer saß, ein Stück mehr sterben sehen.«

»Ich war damals achtzehn Jahre alt. Jetzt bin ich beinahe sechsunddreißig.«

»Und wo ist dieses zarte Mädchen geblieben?«

»Dieses Mädchen war voller Unsicherheit.«

»Aber es war sanftmütig. Willst du wissen, womit Siobhan so einen Kurzschluss bei mir verursacht hat, dass ich mich am Telefon von dir getrennt habe?«

»Nein danke.«

»Mit ihrer Sanftmut. Siobhan hat ihre Texte vom Italienischen ins Englische übersetzt, dann ist sie zum Yoga ins Fitnessstudio gegangen, hat einen Aperitif mit ihren Freunden getrunken und abends phänomenale Pancakes gebacken. Ganz entspannt, verstehst du? Ohne all die Probleme, die ganzen Erklärungen, das ewige Lass-uns-drüber-reden und Klar-dass-du-so-reagierst-du-kannst-halt-einfach-nicht-akzeptieren-dass-deine-Mutter-mit-der-Kartenlegerin-durch gebrannt-ist, das du anscheinend brauchst und mit dem du mich ständig malträtiert hast.«

»Dann geh doch zurück nach Dublin zu deiner Siobhan.«

»So ein Quatsch, das ist nicht der Punkt. Der Punkt ist, dass ich mir in dir wieder mehr von Siobhans Sanftmut wünsche, verstehst du? *Das* meine ich, wenn ich sage, dass unsere gemeinsame Zukunft von dir abhängt.«

»Okay. Ich muss jetzt los, ich habe einen Termin.«

»Mit wem?«

»Mit einem Spiel.«

»Was?«

»Ach, vergiss es.«

»Merkst du, dass es dir einfach nicht gelingen will, wieder sanftmütig zu sein?«

»Ciao.«

Die Telefonate mit Meinem Ehemann zermürben mich.

Doch jedes Mal, wenn sein Name auf dem Display meines Handys aufleuchtet, schöpfe ich wieder Hoffnung. Dass endlich *dieser* Anruf kommt: »Magoo, ich habe alles falsch gemacht, ich war ein kompletter Idiot. Du bist wundervoll, ich kann ohne dich nicht leben, lass uns die Wohnung in Rom untervermieten und zurück nach Vicarello ziehen. Nur du und ich. Für immer.«

Ein einfacher und klarer Anruf. So einfach und klar wie der aus Dublin.

Weshalb sind manche Trennungen nur so eindeutig, manche Zurückeroberungsversuche hingegen so halbherzig?

Ich weiß es. Zumindest weiß ich, was Mein Ehemann empfindet. Ich kenne ihn seit achtzehn Jahren, und die Pausen, die er beim Reden macht, sein Räuspern, seine trotzige Arroganz sind für mich Worte. Worte der Liebe. Aber weshalb schafft er es nicht, sie auszusprechen? Vielleicht weil er Angst hat. Aber wovor genau? Oder weil es vielleicht in Wahrheit nicht stimmt und ich ihn gar nicht kenne. Oder ich ihn mal kannte, aber jetzt nicht mehr? Nein, nein, nein: Das kann nicht sein! Jemanden wirklich zu kennen ist etwas so Komplexes, Seltenes, Schicksalhaftes. Jemanden wirklich zu kennen, das ist für alle Ewigkeit.

Wieder klingelt das Telefon. Ob das wohl …? Nein: Auf dem Display leuchtet der Name von Gianpietro auf.

»Hey.«

»Hallo, Schätzchen. Es war ewig besetzt: Sag mir nicht, dass du schon wieder Zeit auf deine Ehemännin verschwendet hast …«

Gianpietro war mein erster Mitbewohner während des Studiums. Inzwischen arbeitet er in einer Bank in Palermo und wäre am liebsten Madonna, aber Beyoncé würde es auch tun: Das Wichtigste ist Glamour, lautet sein Credo, wenn er sich, gleich nach Feierabend, auf dem Parkplatz der Bank die Krawatte und den Nadelstreifenanzug vom Leib reißt, sich ein wenig Mascara auf die Wimpern tuscht und eine metallicblaue Federboa um den Hals wirft.

Er ist überzeugt davon, dass in jedem von uns eine frustrierte Diva steckt und es das Problem unserer Gesellschaft ist, dass niemand es zugeben will. Außer Gianpietro selbst. Also hilft er eben denjenigen, die nicht den Mut haben, dazu zu stehen, und verpasst allem und jedem (mit Ausnahme seines eigenen Vaters) einen weiblichen Touch. Jeder Francesco wird bei ihm zur Francesca, jeder Nicola zur Nicoletta. Und dementsprechend ist Mein Ehemann Meine Ehemännin. Nicht jeder reagiert positiv darauf.

»Ja, ich habe mit ihm telefoniert. Er sagt, dass seine irische Freundin sanftmütig war und ich mir ein Beispiel an ihr nehmen soll. Sie habe Yoga gemacht, Aperitive mit ihren Freunden getrunken und phänomenale Pancakes gebacken.«

»Na, das klingt ja wirklich mal nach einer Frau, die einen Mann um den Verstand bringt.«

»Schon gut, er sagt ja auch, dass er mit mir zusammen sein will. Aber er hätte eben gern, dass ich so sanft bin wie sie.«

»›Behalt doch deine Sanftmut, ich bin eben Feuer und Glut.‹ Hast du ihm das gesagt, Schätzchen?«

»Nein, schade eigentlich. Wie kann es nur sein, dass mir das nicht eingefallen ist?«

»Hör mal, es reicht jetzt mit diesem Gejammer à la verlassene Demi Moore. Die war wenigstens mit der Ashta Kutcher zusammen und hat deshalb das Recht zu leiden. Du nicht wirklich. Oder willst du etwa deine Ehemännin mit der Ashta vergleichen?«

»...«

»Siehst du. Machst du noch weiter mit diesen verrückten zehn Minuten?«

»Ich war gerade dabei, mir zu überlegen, was ich heute machen soll.«

»Dann back doch Pancakes, Schätzchen!«

»Ich weiß nicht mal, wie man Spaghetti-Wasser aufsetzt!«

»Ja, eben. Sollst du nicht etwas machen, das du noch nie gemacht hast? Dann mal los. Das Internet ist voll von Rezepten, auch für Unfähige wie dich. Und dann rufst du deine Ehemännin an und sagst ihr: ›Liebling, du hättest doch nicht extra nach Dublin fahren müssen, wenn du gern Pancakes isst. Hättest mir nur zehn Minuten geben müssen!‹«

»Du fehlst mir, Gianpi.«

»Du mir auch. Aber ich komme an Weihnachten nach Rom.«

»Sicher?«

»Klar. Außer natürlich mein Vater kann sich dazu durchringen, den Hörer in die Hand zu nehmen und mich für Heiligabend einzuladen. Aber ich glaube nicht, dass das passieren wird, Schätzchen. Nach neunzehn Jahren sehe ich das nicht mehr wirklich kommen.«

»Tut mir leid.«

»Mir tut es leid für ihn, dass er sich seine Tochter, diese wundervolle Soubrette, entgehen lässt. Wenn er wüsste, dass man mich auf acht Jahre jünger schätzt, seit ich die Creme *All Day All Year* benutze … Acht Jahre, ist dir klar, wie viel das ist?«

»Ist mir klar.«

»Er könnte so stolz auf mich sein. Armer Kerl.«

»Ja, armer Kerl.«

PANCAKES MIT NUTELLA

Zutaten (für ca. 12 Stück)

125 g Mehl
200 ml Milch
25 g Butter
2 Eier
15 g Zucker
6 g Hefepulver
2 Esslöffel Nutella
1 Prise Salz

Schwierigkeitsgrad: leicht
Zubereitungszeit: 10–15 Minuten

Die Eier trennen und das Eigelb zusammen mit der Milch, der geschmolzenen Butter und der Nutella in eine Schüssel geben. Zu einer homogenen Masse verrühren und dann das zuvor mit der Hefe durch ein Sieb gegebene Mehl hinzufügen. In einer zweiten Schüssel das Eiweiß mit dem Zucker zu Eischnee schlagen und unter den Teig heben. (Tipp: Es empfiehlt sich, das Eiweiß zu einem nicht allzu festen Schnee aufzuschlagen, sonst bilden sich Klümpchen im Teig.)

Eine Pfanne mit einem Durchmesser von 10–12 cm erhitzen und mit ein wenig Butter einfetten. Dann eine nicht ganz volle Schöpfkelle des Teigs in die Mitte der Pfanne geben und auseinanderfließen lassen. Wenn die eine Seite goldbraun ist, den Pancake mit einem Pfannenheber oder wie eine Crêpe in der Luft wenden und die andere Seite goldbraun backen. Dann den Pancake auf einen Teller geben und nach und nach die weiteren fertigen Pancakes hinzufügen.

Mit ein wenig Nutella bestrichen oder mit Ahornsirup, frischem Obst oder Sahne servieren.

Mir ist nicht ganz klar, was ein Pfannenheber ist, und noch weniger, wie man eine Crêpe in der Luft wendet. Doch im Zehn-Minuten-Spiel ist nicht vorgeschrieben, dass die neuen Dinge auch gelingen müssen: Es genügt, sie auszuprobieren.

Allein der Einkauf für ein Gericht, das man kochen will, ist schon völliges Neuland für mich. Ich wähle die Eier nach der Verpackung aus, die mir am besten gefällt (einem Sechserkarton mit einem Huhn darauf, das ein Küken anlächelt und damit anscheinend auch mir Mut machen will). Bei den übrigen Zutaten gehe ich nach dem Zufallsprinzip vor und studiere zudem – wie es sich für eine brave Exmagersüchtige gehört – die Kalorien der Nutella. Und ehrlich gesagt bin ich an dem Punkt beinahe schon versucht aufzugeben.

Rodrigo hatte heute Nacht ein Konzert. Als er gegen vier Uhr nach Hause kommt, findet er mich noch wach in der Küche vor, wo ich am Tisch sitze und einen Teller anstarre.

»Was machst du da?«

»Ich betrachte diese Pancakes.«

»Sind Pancakes nicht eigentlich für was anderes gedacht?«

»Aber diese sind so wunderschön ...«

»Was ist denn so Besonderes an ihnen?«

»Ich habe sie selbst gemacht.«

»Das musst du mir schwören.«

In Chiaras Kühlschrank findet sich nichts als Licht, lautet ein Spruch aus Rodrigos Mund. Und er entspricht der Wahrheit. Das heißt, er entsprach mal der Wahrheit, denn jetzt sind darin vier Eier, ein Päckchen Butter und ein Glas Nutella zu finden. Und eine Tüte frische Milch. Rodrigo nimmt sie heraus und deckt den Tisch mit zwei Tassen, Besteck und Servietten. Die Pancakes wärmt er im Ofen auf.

»Das Wichtigste im Leben ist Mut. Los, wir probieren sie jetzt.«

Ich hätte weniger Zucker nehmen können. Und vielleicht habe ich auch den Fehler begangen, vor dem mich *Kochbar* gewarnt hat, und das Eiweiß zu einem »allzu festen Eischnee« aufgeschlagen – auch wenn ich nicht genau weiß, was das heißen soll. Jedenfalls ist der Teig voller Klümpchen. Und drei von den zwölf sehen beim besten Willen nicht aus wie Pancakes, sondern eher wie ein Faustschlag ins Gesicht, eine Salami und eine Pfütze.

Ich esse den Faustschlag ins Gesicht. Rodrigo isst die Pfütze und zwei weitere, die – zumindest dem Aussehen nach – keinen Zweifel daran lassen, dass sie richtige Pancakes sind.

Gianpietro hatte recht.

Als Mein Ehemann mich aus Dublin anrief, hätte ich einfach nur sagen sollen: »Liebling, willst du mich wirklich für eine verlassen, die Pancakes backen kann? Das kann ich auch, dauert nicht lang. Gib mir einfach nur zehn Minuten und dann wirst du schon sehen.«

Freitag, 7. Dezember
Sonnenaufgang 7:24 – Sonnenuntergang 16:39

Hip-Hop

Und dann kommt Ato. Wie jeden Freitag.

»Habt ihr euch getrennt, weil du ein Kind wolltest und dein Ehemann nicht?«, lautet die Frage, die mir in den letzten Monaten am häufigsten gestellt wurde.

»Nein, damit hat das überhaupt nichts zu tun.«

Doch das stimmt nur zum Teil.

Es stimmt, da in mir noch keine biologische Uhr angefangen hat zu ticken. Doch es stimmt zugleich auch nicht, da ich schon seit Längerem nicht mehr das Gefühl hatte, dass Mein Ehemann und ich einander genügten.

Oder, um es mal so auszudrücken:

»Du bist unerträglich geworden, Magoo.«

»Du auch.«

»Du bist aber schlimmer.«

»Nein, du.«

»Nein, du.«

»Liebling, wie wär's, wenn wir das mal sein lassen würden?«

»Was?«

»Dieses ganze Ich, das ganze Du. Wie wär's, wenn wir uns mal einem Wir öffnen würden?«

»Was soll das heißen?«

Das hätte ich zwar nicht genau erklären können, doch

ganz sicher sollte es nicht heißen, sich Siobhan zu öffnen und den Sommer über Mojitos in New York zu mixen.

Jedenfalls verspürte ich in der Tat das Bedürfnis, diese zwei egozentrischen Achtzehnjährigen hinter mir zu lassen, die, indem sie ständig »ich« sagten, den anderen zwar dazu brachten, ab und zu »du« zu sagen, jedoch nur als Waffe (du bist unmöglich, du verstehst gar nichts, du hast einfach keine Ahnung, du bist eben nicht ich). Undeutlich, aber ich verspürte es.

Das Jugenddorf habe ich durch meine Kolumne »Sonntagsessen« kennengelernt. »Familie ist da, wo Familie gelebt wird«, lautete ihr Untertitel. Daher war das Jugenddorf – auch wenn es dort keinen Vater und keine Mutter gab, sondern nur ganz viele Kinder – ein Ort, von dem ich erzählen wollte.

Das Genie Monsignor John Patrick Carroll-Abbing hatte im Jahr 1953 die Vision, Kindern aus der ganzen Welt eine Familie zu geben, denen, aus welchen Gründen auch immer, ein Leben mit ihrer Ursprungsfamilie verwehrt war: »eine geschwisterliche Gemeinschaft, in der Jugendliche, die durch ihre schlechten Erfahrungen verbittert sind, die schwierige Kunst erlernen sollen, in Freiheit, gegenseitiger Toleranz und Frieden zusammenzuleben; ein sicherer Ort, an dem jedes gemeinschaftsunfähige Kind Verständnis für seine Schwierigkeiten finden und ermutigt werden soll, sie zu überwinden; ein Ort, an dem der Jugendliche dazu angespornt wird, seine Fähigkeiten voll zu entfalten und sich mit jedem Tag ein Stück weiterzuentwickeln«. So Carroll-Abbings eigene Worte. Und bei dieser Vision ist es nicht geblieben: Er hat sogar seine ganz eigene Erziehungsmethode entwickelt. Denn »niemand wird bestreiten, dass es notwendig ist, junge Menschen zu erziehen. Es besteht jedoch teilweise noch immer die Auffassung, dass dies möglich sei, ohne ihnen konkrete Verantwortung zu übertragen, ohne ihnen die Freiheit zu geben, eigene Entscheidungen zu treffen und somit das Risiko einzugehen, Fehler zu machen.«

Das Jugenddorf scheut dieses Risiko nicht. Es nimmt nicht nur italienische sowie ausländische Jugendliche zwischen zwölf und achtzehn Jahren auf – darunter Kriegswaisen und politische Flüchtlinge, die durch die Hölle gegangen sind und diese noch immer in sich tragen. Es bringt sie auch dazu, sich selbst zu verwalten und ihr Leben gemeinsam zu organisieren, als würden sie in einer dörflichen Gemeinschaft wohnen. Dies geht sogar so weit, dass sie Bürgerversammlungen abhalten und monatlich einen Bürgermeister und Abgeordnete wählen.

So erwacht das Jugenddorf am Rande Roms, in der Via della Pisana, jeden Tag im Grün einer grenzenlosen Landschaft, gegen das finstere Schwarz, das die Vergangenheit zuweilen annimmt, und den unverhofft bunten Farben entgegen, die die Zukunft bereitzuhalten vermag.

Ich hatte dort eine besonders dichte Woche verbracht: voller Gesichter und Geschichten, Eroberungen und Rückschläge.

Und voller Schweigen. Allen voran das von Ato.

Die Gemeinschaft hatte ihn gerade zum dritten Mal in Folge zum Bürgermeister gewählt. Er hatte ein trauriges Lächeln, war achtzehn Jahre alt und vor drei Jahren aus Eritrea nach Italien gekommen, seit zweien lebte er im Dorf. Und er war anders als die anderen Jugendlichen. Mag sein, dass uns die Menschen, die inzwischen Teil unseres Lebens sind – durch die positiv gefärbte Linse betrachtet, durch die wir die erste

Begegnung mit ihnen im Nachhinein sehen –, immer als etwas Besonderes erscheinen. Wer weiß. Jedenfalls wirkt Ato auf den ersten Blick stolz, melancholisch und hoffnungslos mysteriös.

»Was hat dich nach Italien gebracht?«, fragte ich ihn, als wir an einem meiner Tage im Dorf zufällig beim Mittagessen zusammensaßen.

»Ein Haufen Mist, der mir passiert ist«, antwortete er. Noch heute sucht er die richtigen Worte, um erklären zu können, was in Eritrea geschah und dazu führte, dass er alles verlor und sich plötzlich in einem Flugzeug Richtung Italien wiederfand.

Mir hat es einer der aufgeklärten und unermüdlichen Psychologen erzählt, die mit den Erziehern des Dorfes zusammenarbeiten. Ich habe es jedoch nie jemandem im Detail weitererzählt, noch nicht einmal Meinem Ehemann. »Ein Haufen Mist« scheint mir eine mehr als ausreichende Erklärung zu sein.

Dennoch:

»Liebling, ich habe im Jugenddorf einen Jungen kennengelernt, der etwas ganz Besonderes ist. Ihm ist wirklich viel Schreckliches passiert, und trotzdem leuchtet er von innen. Er hat so eine Art geistige Anmut – ich glaube, das ist es.«

»Wirst du mir jetzt noch zur Phrasendrescherin, Magoo? Und beendest die Kolumne von nächstem Sonntag mit irgendeinem Spruch wie ›Aus Diamanten wächst kein Kraut, doch aus Mist wachsen Blumen‹?«

Ich weiß nicht mehr, weshalb wir an diesem Morgen zur Abwechslung mal wieder gestritten hatten und er anscheinend immer noch das Bedürfnis verspürte, mich zu bestrafen.

»Ich meine es ernst, Liebling. Er heißt Ato. Das einzig

Schöne an unserer neuen Wohnung ist doch, dass wir hier ein Zimmer und ein Bad mehr haben als in Vicarello. Wollen wir ihn nicht bei uns aufnehmen, zumindest an den Wochenenden?«

»Ach, Magoo, komm schon. Zwei wie wir schaffen es doch nicht mal, sich um ihren eigenen dicken Zeh zu kümmern! Geschweige denn um den eines Jungen.«

»Stimmt. Aber ich verlange ja auch nicht von dir, ein Kind mit mir zu kriegen oder eins zu adoptieren. Ato ist über eins achtzig groß, er ist ausgewachsen und volljährig. Und samstags und sonntags finden im Jugenddorf keine Versammlungen und sportlichen Aktivitäten oder sonst was statt. Wir könnten ihm hier beim Lernen helfen: Er ist gerade im dritten Jahr der kaufmännischen Berufsschule und hat ein bisschen Schwierigkeiten mit Mathe und Italienisch. Und seine Schule ist nur vier U-Bahn-Stationen von hier entfernt. Ich sage ja nicht, dass wir Mama und Papa für ihn spielen sollen, das können wir natürlich nicht, aber wir könnten, was weiß ich, wie ältere Geschwister für ihn sein … Und wenn das gut läuft, könnten wir eine Art Außenstelle des Jugenddorfs für ihn werden.«

Das schien mir gar keine so schlechte Möglichkeit zu sein, zu einem »Wir« zu werden.

Mein Ehemann sah das jedoch anders: »Man löst keine Beziehungsprobleme, indem man sich um die Probleme anderer kümmert. Im Gegenteil, dann hat man nicht nur seine eigenen, sondern auch noch die der anderen am Hals.«

»Aber in der Mathematik ergibt zweimal minus plus.«

Recht hatten wir alle beide.

Tatsache ist jedoch, dass er wenige Wochen später nach Dublin aufbrechen und kurz darauf meine Kolumne eingestellt werden würde. Die Dunkelheit, die sich daraufhin ausbreitete, verschlang alles: das Wo, das Warum, das Ich und das Du. Ganz zu schweigen von einem möglichen Wir.

Bis Ato mich irgendwann Ende August anrief.

»Hallo, Chiara, hier ist Ato vom Jugenddorf. Wie geht's dir?«

»Hallo! Ach, es geht so …«

»Was ist denn los?«

»Sagen wir mal so: Mir ist ein kleiner Haufen Mist passiert. Und wie geht's dir?«

»Gut. Ich wollte dir erzählen, dass ich diesen Sommer ein Buch von dir gelesen hab.«

»Oh, schön.«

»Es ist das erste Buch auf Italienisch, außer Harry Potter, bei dem ich nicht mittendrin aufgegeben habe. Ich hab's ganz gelesen.«

»Juchhuh.«

»Ja.«

»…«

»…«

»Sag mal, magst du mich vielleicht am Freitag besuchen kommen? Du könntest das Wochenende bei mir bleiben und hättest ein Zimmer ganz für dich. Dann könnten wir uns ein bisschen was erzählen und ins Kino gehen. Oder Pizza essen.«

Hat eine fünfunddreißigjährige Frau, der es schon gereicht hat, von Vicarello nach Rom zu ziehen, um ein wenig durchzudrehen, und in der nur noch Verwirrung herrscht, einem Jungen etwas zu geben, der seinem Land und seiner Familie entrissen wurde?

Das frage ich mich jeden Freitag, während ich auf Ato warte. Und jeden Montag, wenn er ins Jugenddorf zurückkehrt, habe ich die Antwort noch immer nicht gefunden. Doch hat sich in der Zwischenzeit die Frage vor lauter Unterhaltungen, Spaziergängen, Hausaufgaben und Fernsehserien auf DVD, mit denen wir uns so gern zerstreuen, verflüchtigt.

Ich weiß also nicht, ob ich etwas zu geben habe. Doch ganz sicher bekomme ich etwas: und wenn es nur der Anreiz ist, mich zu waschen und zu essen (wegen meiner Unzulänglichkeit am Herd hauptsächlich bei McDonald's) und mich dazu aufzurappeln, ihn anzutreiben, sich zu waschen, zu essen und sich aufzurappeln. Vor allem, wenn er plötzlich mit offen stehendem Mund vor einer Folge der *Simpsons* einschläft oder vor sich hin starrend über einer Hausaufgabe sitzt und dabei innerlich gegen wer weiß was für Dämonen ankämpft. Bis er merkt, dass ich ihn beobachte, mich mit seinen samtigschwarzen Augen anblickt und lächelt. Ja, was ich von Ato bekomme, sind vor allem unerwartete Hoffnungsschimmer.

Die Hoffnung auf die Möglichkeit eines Wirs. Ganz allgemein, für die Welt. Und im Besonderen für mich.

»Hallo, Ato.«

»Hallo, Chiara.«

»Hast du viele Hausaufgaben auf?«

»Ja. In Italienisch, Recht und Geschichte.«

»Okay. Aber bevor du die machst, müssen wir noch was erledigen.«

»Was denn?«

»Das überlegen wir uns jetzt. Hauptsache, es dauert zehn Minuten.«

Ich erkläre Ato das Spiel.

Draußen regnet es in Strömen. Von Rausgehen kann daher keine Rede sein.

»Wir können über dem Internet was suchen, was wir machen können«, schlägt er vor. Er fühlt sich im Italienischen schon ziemlich sicher, nur ab und zu wählt er noch einen falschen Ausdruck.

»Stimmt.« Ich denke nach.

»Ja.« Er überlegt ebenfalls.

»Erinnerst du dich an meinen Freund Rodrigo, den Geiger?«

»Klar.« Langsam kennt er so gut wie alle einsamen Tiere meiner Arche Noah.

»Er war heute Morgen noch hier.«

»Wie geht's ihm?«

»Gut … Er ist gerade total begeistert von Hip-Hop.«

»Im Jugenddorf guck ich mir im Fernseher immer Videos an, in denen sie Hip-Hop tanzen.«

»Glaubst du, es ist schwierig zu lernen?«

»Sehr.«

»Und für jemanden wie mich, der in seinem Leben noch nie auch nur einen Blues getanzt hat?«

»Zu schwierig.«

Wir stellen mein Notebook im Wohnzimmer auf, um genügend Platz zum Tanzen zu haben – oder zu was auch immer gleich geschehen wird.

Hip-Hop-Tanzkurs für Anfänger, gebe ich bei YouTube ein.

Augenblicklich taucht sie auf. Sie ist ungefähr zwölf Jahre alt, hat ein kleines Katzengesicht und trägt ein mit Sternen bedrucktes T-Shirt, eine Trainingshose und bunte Socken. Flacavi: So lautet ihr Kampfname.

»Hallo Leute, ich bin's, Flacavi!«, schreit sie in die Kamera, in einem der zahlreichen Videos, die unter ihrem Namen zu finden sind. Sie steht zu Hause in ihrem Zimmer, aber es ist, als würde sie von einer fernen, unerreichbaren Galaxie zu uns sprechen, angetrieben von einem einzigen, präzisen Wunsch: dem Rest des Universums Hip-Hop beizubringen.

»Heute zeig ich euch eine Basislektion«, sagt sie. »Wir fangen an, indem wir uns aufwärmen, was extrem wichtig ist. Das Warm-up müsst ihr wirklich ernst nehmen, denn sonst könnt ihr euch – beim Freeze oder in anderen Stellungen – ganz übel wehtun.«

Ato und ich gehorchen und nehmen das Warm-up wirklich ernst. Wir lassen den Kopf nach rechts kreisen und dann nach links. »Ruhig mehrmals«, wie sie empfiehlt. Dann lockern wir die Schultern und die Arme. Auch das mehrmals.

Flacavi bebt: Sie will endlich zum ernsten Teil übergehen. »Jetzt bring ich euch bei, wie man Waves macht, also Wellen: Erst zieht ihr die eine Schulter hoch, dann folgt der Ellbogen, und dann …«

Im ersten Moment erscheint es uns ganz leicht, ihr zu folgen. Doch sobald Flacavi anfängt, sich unfassbar schnell und dabei ganz natürlich zu bewegen, sodass es aussieht, als würde eine Welle von Elektrizität durch ihre Arme zucken, können wir ihr nur noch fasziniert zuschauen. Und regungslos stehen bleiben.

Als sie dann auch noch die Schultern und den Oberkörper mit dazu nimmt und uns auffordert, Entschlossenheit und Stil zu verströmen, verheddert sich Ato mit seinen Einssechsundachtzig und kommt sofort raus. Ich, mit meinen Einsvierundsechzig, schaffe es gerade mal, auf einem Bein zu hüpfen und das andere in die Luft zu schwingen.

»Wollt ihr noch mehr Moves lernen? Dann folgt mir in meinem nächsten Video. Ciao, eure Flacavi!«, verabschiedet sich unsere Lehrerin am Ende der Lektion.

»Können wir noch mal alles anschauen, von Anfang an?«, fragt Ato, einigermaßen entmutigt.

»Klar können wir das. Die Spielregel lautet, dass es mindestens zehn Minuten dauern muss. Aber wenn es länger dauert, ist das nicht verboten.«

Wir verbringen den ganzen Nachmittag mit Flacavi.

Sie ist ein wahres Naturtalent.

Und wir sind eine echte Katastrophe.

Am Ende, nachdem wir jedes ihrer Videos sechsmal gesehen haben, lassen wir uns erschöpft aufs Sofa fallen.

»Ich hab Hunger«, sagt Ato. »Gehen wir zu McDonald's?«

»Nein, kein Fast Food heute. Ich mach dir Pancakes.«

»Du?«

»Ja, ich.«

Samstag, 8. Dezember
Mariä Empfängnis
Sonnenaufgang 7:25 – Sonnenuntergang 16:39

Im Rückwärtsgang

Und was mache ich heute in meinen zehn Minuten?

Das ist mein erster Gedanke, als ich aufwache. Noch bevor ich nachschaue, ob Mein Ehemann mir nachts eine SMS geschickt hat, noch bevor mich die Panik wegen meines Romans befällt – von dem ich nicht weiß, ob ich mit ihm weiterkomme –, noch bevor ich meine Eltern anrufe, um sie zu fragen, was in Vicarello so los ist, was die Frau vom Zeitungskiosk erzählt und was es Neues vom Barkeeper und seiner launischen Freundin gibt: Was mache ich heute in meinen zehn Minuten?

Ich lächle ein wenig.

Und bekomme ein wenig Angst.

Vicarello, meine Kolumne und Mein Ehemann, das sind die Kuscheltiere, mit denen ich seit knapp einem Jahr einschlafe, ganz eng an sie geschmiegt, und ganz eng an sie geschmiegt wache ich wieder auf. Sie müffeln leicht, und ihr Fell ist auch schon etwas verfilzt. Doch wenn man sich erst mal an ein Kuscheltier gewöhnt hat, ist es schwer, wieder darauf zu verzichten.

Ich setze Kaffee auf und betrachte meine Nägel: Der pinkfarbene Nagellack fängt an abzublättern. Es wird langsam Zeit, ihn zu entfernen.

Vielleicht könnte ich mal einen grünen ausprobieren, denke ich.

Und lächle ein wenig.

Und bekomme ein wenig Angst.

Ato kommt zu mir in die Küche und wir frühstücken.

Es ist Mariä Empfängnis, gestern habe ich ihm versprochen, dass wir auf den Weihnachtsmarkt in der Piazza Navona gehen. Von heute Morgen an bis zum Dreikönigsfest werden dort Buden stehen und die Menschen mit Zuckerwatte, Krippenfiguren, bunten Glaskugeln und Marzipanengeln, kurz: mit Weihnachten versorgen.

»Zu Hause in Eritrea haben wir immer einen richtig schönen Baum gemacht«, bemerkte Ato gestern Abend, während er seine Pancakes aß. Diesmal leicht verbrutzelt, dafür aber ohne Klumpen im Teig.

»Mein Ehemann und ich hingegen sind an Weihnachten immer geflüchtet. Nach Kambodscha, Indien, Chile. Viele Jahre lang haben wir die ganze Welt bereist, weil wir keine Weihnachtsessen haben wollten. Und keine Krippen und keine Bäume«, gestand ich ihm.

»Warum?« Ato riss seine großen Augen noch weiter auf. »Weihnachten ist doch wunderschön!«

Es ist wunderschön, ihm mit demjenigen zu entfliehen, den man liebt. Diese Flucht ist für mich das wahre Weihnachten, dachte ich.

»Chiara?«

»Ja?«

»Aber auch wenn du Weihnachten nicht magst, wir machen morgen einen Baum, oder?«

Der Wind hat alle Wolken vom Himmel gefegt. Es ist ein kalter und kristallklarer Tag, er ist einfach perfekt.

Wir gehen zu Fuß zum Weihnachtsmarkt; von zu Hause aus sind es zwanzig Minuten bis dorthin. Und plötzlich kommt die Idee einfach so daher, ohne um Erlaubnis zu bitten, so wie Ideen es immer gern tun.

»Ato?«

»Ja?«

»Ich würde gern rückwärts gehen.«

»Was?«

»Zehn Minuten lang.«

»Aber das ist doch gefährlich!«

»Du hältst mich am Arm und führst mich, dann kann nichts passieren.«

Er lacht. Und jedes Mal, wenn er das tut, fühlt es sich an, als würde ich gestreichelt werden, ganz tief drinnen.

Ich drehe mich um und hake mich fest bei ihm unter.

Wir gehen einen Schritt. Er lacht noch immer. Dann einen weiteren Schritt. Nun müssen wir beide lachen.

»Achtung, Stufe. Jetzt nach rechts. Und jetzt nach links«, dirigiert mich Ato.

Während ich im Rückwärtsgang in die Gesichter der Leute blicke, denen ich sonst auf den Hinterkopf schauen würde, den Weg sehe, den ich bereits gegangen bin, anstatt den, der noch vor mir liegt, und die Läden von mir wegziehen, statt mir entgegenzukommen.

Das Ganze weckt keinerlei Gefühle in mir, doch das macht es vielleicht gerade so angenehm. Eine alberne Leichtigkeit steigt in mir auf.

»Ich dachte, die Leute würden dich anschauen und denken, wie verrückt du bist«, bemerkt Ato. Verblüfft, dass sich von den normal Gehenden niemand wundert über jemanden, der andersherum läuft.

Ich erzähle ihm von Ennio Flaiano und seinem Buch über einen Marsmenschen, der – nachdem er Rom zunächst zwei Tage lang in Aufruhr versetzt hat – schließlich ganz in Ruhe durch die Stadt spazieren kann, völlig unbehelligt in seinem außerirdischen Dasein.

»Ist das gut, dass Rom sich so verhält, mit Marsmenschen und Leuten, die komisch gehen?«, fragt Ato.

»Nein. Weil sie sich dadurch allein fühlen. In Vicarello, wo ich früher gewohnt habe, würde man als Marsmensch richtig verhätschelt werden.«

»Aber mir ist's ehrlich gesagt lieber, wenn den Leuten egal ist, dass ich schwarz bin, als wenn sie mich hätscheln, weil ich schwarz bin.«

»Das ist noch mal ein anderes Thema.«

»Vielleicht.«

»Ganz sicher.«

Wir führen unseren Marsmenschen-Spaziergang fort.

Vier.

Sieben.

Zehn Minuten lang.

Bis der Wecker, den Ato auf seinem Handy gestellt hat, klingelt und uns verkündet, dass die Mission erfüllt ist. Ich drehe mich wieder um und wir klatschen uns gegenseitig ab. Mit lockerem Schritt erreichen wir die Piazza Navona, noch ganz aufeinander eingeschworen durch unseren Marsgang.

»Chiara?«, höre ich plötzlich jemanden meinen Namen rufen, als wir an einem Stand stehen bleiben und überlegen, ob wir kleine, mittlere oder große Weihnachtskugeln kaufen sollen.

Die Ruferin ist eine winzige, in Orange gekleidete Frau mit platinblonden, zum Panettone aufgetürmten Haar und leuchtenden Augen.

Ich erkenne sie nicht gleich wieder, aber irgendwoher kommt sie mir bekannt vor.

»Ich bin's, Morena! Morena Torpedoni!«

Ja, natürlich, die Torpedonis.

Über all die Jahre, in denen ich meine Kolumne hatte, werde ich wohl mit mehr als tausend Familien zu Mittag gegessen haben. Anfangs war ich diejenige gewesen, die sie ansprach: weil mir jemand von einem besonders exzentrischen Paar erzählt oder ich in der Zeitung eine Meldung gelesen hatte, die mich neugierig machte. Doch schließlich begannen die Familien, die in der Kolumne von ihrer außergewöhnlichen Normalität erzählen wollten, sich über die Website der Zeitschrift von selbst bei mir zu melden.

Patchworkfamilien, Homosexuelle, Paare, die sich getrennt hatten, aber noch zusammenwohnten, oder frisch Verliebte, die ihre Beziehung schonen wollten und daher lieber in zwei Wohnungen lebten. Sogar in einer waschechten Kommune bin ich gewesen. Viele, viele Menschen habe ich getroffen. Und jedes Mal hatte ich am Ende der Woche das vage Gefühl, dass die Leute, mit denen ich zu Mittag gegessen hatte, das Geheimnis kannten, das für mich und Meinen Ehemann immer unergründlicher wurde: wie man sich lieb haben kann, ohne einander allzu sehr wehzutun.

Kevyn und Morena Torpedoni zählten zu den ersten Protagonisten meiner »Sonntagsessen«.

Sie leben in einem gelben Wohnwagen und haben einen Tontauben-Schießstand im Luna Park. Kennengelernt haben sie sich im Zirkus, wo Morena als Trapezkünstlerin arbeitete und Kevyn, schweigsam wie ein Fisch, die Manege zwischen den einzelnen Nummern reinigte. Die Nacht brachte er dann damit zu, Gedichte zu schreiben. Für sie. Jeden Morgen steckte er ihr eins an den Spiegel der Artistengarderobe. Als das Techtelmechtel herauskam, stellte sich Morenas Familie sogleich gegen die Verbindung: Sie wollte, dass Morena einen der Ihren, einen vom Zirkus heiratete. Doch Morena hatte sich verliebt. Und so brannte sie eines Nachts, während der Zirkus seine Zelte abbaute, um von Paris nach Lyon weiterzuziehen, mit Kevyn Torpedoni durch – einem Putzlumpen, wenn es nach ihren Eltern ging; einem Dichter, wenn es nach ihr ging, und de facto der Mann, der später ihr Ehemann werden sollte.

Jetzt erinnere ich mich wieder ganz deutlich an ihre Geschichte.

»Wie geht's dir?«, fragt mich Morena.

»Ach, so lala.«

»Du kannst dir nicht vorstellen, wie schade Kevyn und ich es fanden, dass deine Kolumne aus der Zeitschrift verschwunden ist. Und dann auch noch von einer Woche auf die nächste.«

»Tja.«

»Und womit haben die sie ersetzt? Mit einem Liebeskummerkasten! Und dann auch noch von dieser idiotischen … Wie heißt sie noch?«

»Tania Melodia.«

Der Herausgeber hat so entschieden, tut mir leid, hatte mir die Chefredakteurin mitgeteilt.

Was?, hatte meine Reaktion gelautet. Ohne auch nur einmal mit mir darüber zu sprechen? Aber wieso denn?

Weil eine Zeitschrift sich fortlaufend verändern muss, um eine Zukunft zu haben, hatte sie erwidert.

Und wer übernimmt die Stelle?, hatte ich gefragt.

Tania Melodia.

Wer?!

Jetzt sei nicht so ein Snob, Chiara: Genau das war auch immer ein Problem deiner Kolumne. Tania Melodia ist die moralische Siegerin der letzten Staffel von *Big Brother*. Jeder kennt sie. Klar, sie ist eher Pop. Aber auf ihre Art auch ein bisschen Rock. Immerhin war sie zweiundneunzig Tage im *Big-Brother*-Haus und hatte in der Zeit drei Affären, zwei davon parallel. Damit hat sie für uns Frauen das Recht eingefordert, sich genauso zu verhalten wie die Männer.

»Das ist eine vom Fernsehen, oder?«, insistiert die Torpedoni.

»Ja. Sie ist die moralische Siegerin von *Big Brother*.«

»Ist das die Sendung, in der die Babysitterin den Eltern beibringt, wie sie sich um ihre Kinder kümmern sollen?« Im gelben Wohnwagen der Torpedonis gibt es keinen Fernseher, doch schämen sie sich weder dafür, noch sind sie besonders stolz darauf.

»Nein, das ist die *Super Nanny*.«

»Ah. Na ja, jedenfalls fehlst du uns, Chiara.«

»Mir fehlt die Kolumne auch, Morena.«

»Wann kommt denn dein neuer Roman raus?«

»Ich arbeite noch daran.«

»Gut. Ich hab dich übrigens vorhin gesehen. Wie du rückwärts gegangen bist. Und ich hab sofort zu Kevyn gesagt: Da ist Chiara!, hab ich gesagt. Und dann hat er sich gleich eins seiner Gedichte ausgedacht, so aus dem Stegreif.«

»Was für eins?«

»*Solange jemand rückwärts geht, werden sich Hamster verlieben und Menschen sich weniger bekriegen*«, rezitiert sie beseelt.

Ato hat der ganzen Unterhaltung gelauscht, gedankenverloren und schweigsam, wie üblich.

Am Abend, als wir die Weihnachtskugeln an den Baum hängen – die großen ganz unten und dann immer kleinere, je näher wir der Spitze kommen –, murmelt er: »Vielleicht tut Rom ja nur so, als wäre es ihm total egal, wenn da ein Marsmensch rumläuft. Es will ihn nicht stören, aber in Wirklichkeit schreibt es ihm ein Gedicht.«

Nein, nein, Rom ist das völlig egal, das weiß ich, Rom ist nicht Vicarello, hätte ich ihm noch vor einer Woche geantwortet.

Doch jetzt hänge ich eine Kugel auf und sehe ihn an. Er lächelt. Und ich lächle zurück.

»Ja, schon möglich. Wer weiß.«

Sonntag, 9. Dezember
Zweiter Advent
Sonnenaufgang 7:26 – Sonnenuntergang 16:39

Die Straße in Delft

»Guten Morgen, Ato.«

»Morgen, Chiara.«

»Du bist schon auf?«

»Ich werd morgen in Italienisch abgefragt und muss noch richtig viel lernen.«

»Zu welchem Thema denn?«

»Siebzehntes Jahrhundert.«

»Alles darüber?«

»Ja. ›Die bedeutendsten Fakten, Widersprüchlichkeiten und Kunstwerke‹.« Er gibt wortwörtlich die Kapitelüberschrift seines Lehrbuchs wieder.

»Auf der ganzen Welt?«

»Italien, England und Deutschland.«

»Und was ist mit Holland?«

Die Vermeer-Ausstellung läuft schon seit ungefähr einem Monat, im Museum des Quirinalpalasts, nicht weit von unserer Wohnung entfernt. Das heißt von meiner.

Wenn ich in eine Kunstausstellung gehe, ist es noch immer sehr ungewohnt, im Singular zu sprechen: Gemälde waren die Leidenschaft Meines Ehemannes.

Neben dem Wunsch, Weihnachten zu entfliehen, war es

daher stets ein weiteres Ziel unserer Reisen, meiner Liebe zur Natur und seiner für die Kunst gleichermaßen gerecht zu werden. Ich wollte exotische Tiere, Regenwälder, Salinen und Wüsten sehen und nahm ihn dabei an die Hand. Er wollte sich Museen, Kathedralen und Meisterwerke der Kunst anschauen und nahm dabei mich an die Hand.

Sollte sich herausstellen, dass unsere Trennung tatsächlich endgültig ist, wer wird ihn dann durch den Wald führen? Und mich durch die Museen? Wer wird sich um all die Anteile von uns kümmern, die der andere überhaupt erst in uns geweckt und achtzehn Jahre lang genährt hat?

Das frage ich mich jeden Tag.

Und das frage ich mich auch jetzt, als ich mit Ato das Museum betrete, uns zwei Audioguides besorge und den Katalog studiere. Dinge, die ich bis zum heutigen Tag, wenn ich eine Ausstellung besuchte, immer nur all diejenigen habe tun sehen, die nicht ich waren. Denn all diejenigen, die nicht ich waren, hatten nicht das Glück, mit Meinem Ehemann zusammen zu sein, der besser informiert war als jeder Audioguide und leidenschaftlicher erzählen konnte als jeder Katalog.

Ich atme einmal tief durch.

»Die Niederlande des siebzehnten Jahrhunderts sind ein Land, in dem der Reichtum auf viele verteilt ist statt auf einige wenige konzentriert. Der vorherrschende calvinistische Gedanke verhindert zudem den Bau von Adelspalästen, wie sie in Italien oder England vielfach zu finden sind«, beginnt der Audioguide seine Führung. Ich hasse ihn. Und ich hasse mich dafür, dass ich auf seine metallische Stimme angewiesen bin, um mich im Museum zurechtzufinden. Doch Ato lauscht aufmerksam: Die Vorstellung, seine Italienischlehrerin mit einem Referat über den größten Maler des siebzehnten Jahrhunderts zu überraschen, gefällt ihm. »Vielleicht hole ich mir diesmal sogar eine Zwei ab«, sagte er zu mir, als wir das Haus verließen.

Wir verteilen uns auf die Räume des Museums, jeder mit seinem eigenen Gerät.

Mein Ehemann fehlt mir hinter jeder Ecke, vor jedem Bild. All unsere Reisen und Abenteuer, die chinesischen Inschriften, die er mir erklärt hat, die Lemuren, die ich ihn habe streicheln lassen, geben sich plötzlich ein Stelldichein in meinem Herzen.

Als ich vor der *Straße in Delft* stehe, wird die Sehnsucht schier unerträglich.

»Sie sehen nun die *Straße in Delft* vor sich, das große Meisterwerk des holländischen Künstlers«, spult der Audioguide seinen Text ab.

»Darauf wäre sogar ich von selbst gekommen, vielen Dank«, zische ich.

»In diesem wunderbaren Gemälde bringt uns Vermeer die poetische Schönheit von Delft mit seinen ruhigen Straßen und pittoresken Gebäu–«

Ich halte es nicht mehr aus und reiße mir die Kopfhörer von den Ohren. Dann gebe ich Ato ein Zeichen: »Kannst du mich hier in genau zehn Minuten wieder abholen?«

Ich setze mich vor das »große Meisterwerk des holländischen Künstlers« und bewege mich nicht mehr.

Ohne Audioguide, ohne den Katalog zu konsultieren.

Und ohne Meinen Ehemann.

Und was sehe ich?

Die ruhigen Straßen von Delft und seine pittoresken Gebäude natürlich. Rote Backsteinfassaden, Holztörchen und Fensterläden. Eine Frau sitzt in einem Zimmer und stickt, eine andere ist in einem schmalen Durchgang mit Putzen beschäftigt, vor dem Haus hocken zwei Kinder und spielen.

Es vergeht eine Minute.

Es vergehen zwei Minuten.

Es vergehen drei Minuten.

Ich weiß nicht, wie viele vergangen sind, als ich es plötzlich vor mir sehe.

Doch, doch, da ist es!

Vor mir sehe ich: das Leben. Das einfach vor sich hin fließt. Durch diese Straße in Delft.

Das Leben der zwei Frauen und das der beiden Kinder.

Unser aller Leben. Unerbittlich. Und immer gleichförmig.

Unerbittlich, da immer gleichförmig.

Und da immer gleichförmig, zuweilen wunderschön.

Und plötzlich verstehe ich, plötzlich weiß ich es: Dass es nicht die Weltreisen mit Meinem Ehemann sind, nicht die unendlichen Wüsten, nicht die Kathedralen, die Terrakotta-Armeen, die Pandas oder die Canyons, die mir fehlen. Nein, es sind nicht die »bedeutendsten Fakten, die Widersprüchlichkeiten und Kunstwerke«. Sondern es ist genau diese eine Sache, die mir fehlt: unser stets gleichförmiges Leben. Das wunderschön ist. Und unerbittlich.

Ato berührt mich leicht an der Schulter. Die zehn Minuten sind verstrichen.

Montag, 10. Dezember
Sonnenaufgang 7:27 – Sonnenuntergang 16:39

Das Diplom der Unbekannten

Es ist wieder Montag. Ato trägt beim Frühstück sein Montagmorgengesicht. Genau wie ich.

»Bis Freitag, Chia«, verabschiedet er sich von mir, als er sich zur Schule aufmacht.

»Bis Freitag, Ato.«

»Bis Freitag«, sagt er noch einmal. Er steht, den Rucksack bereits auf dem Rücken, noch im Flur und tritt von einem Bein aufs andere.

»Hör mal, Ato.«

»Ja?«

»Warum rufst du nicht deinen Erzieher an und fragst ihn, ob du noch bis morgen hierbleiben darfst? Ich wollte heute die Lichter für den Baum kaufen, will aber auch unbedingt zur Diplomfeier von Elisa. Es wäre mir daher eine große Hilfe, wenn du dich um den Baum kümmern könntest.«

»Wirklich?«

»Wirklich.«

Und auch wenn das eigentlich nicht stimmt (denn jedes Mal, wenn ich an diesem verdammten Baum vorbeikomme, den wir im Wohnzimmer aufgestellt haben, bin ich weitaus mehr versucht, ihn mit Tritten zu bearbeiten, als ihn mit

Lichtern zu behängen, genau wie dieses ganze grauenerregende Weihnachten, das mit jedem Tag näher rückt), stimmt es irgendwo doch. Weil es sehr tröstlich für mich ist, unseren Montagsgesichtern die kleine Aussicht auf einen weiteren gemeinsamen Abend zu schenken.

Und so geht Ato in die Schule und ich arbeite an meinem Roman und gehe ins Fitnessstudio.

Um zwei Uhr habe ich meine Therapiestunde.

»Wie geht es Ihnen, Chiara?«

»Es geht so, Dr. T.«

»Es geht so?«

»Ich probiere gerade das Zehn-Minuten-Spiel aus.«

»Und?« Dr. T. scheint nicht erstaunt zu sein, dass ich ihren Vorschlag ernst genommen habe, mit dem sie mich möglicherweise nur provozieren wollte.

»Im Vergleich zu den Monaten davor habe ich jetzt viel weniger Zeit für mich selbst.«

»In welcher Hinsicht?«

»Sich jeden Tag etwas Neues auszudenken, das man machen kann, ist nicht so leicht. Und während ich mich bemühe, etwas zu finden, habe ich weniger Zeit, mir darüber klar zu werden, wie es mir wirklich geht. Manchmal wird mir sogar ein bisschen schwindelig davon.«

»Ist das etwas Positives?«

»Das kann ich nicht genau sagen. Manchmal fehlt mir das Gefühl der Ohnmacht angesichts all dessen, was mir passiert ist. Es fehlt mir, mich in die Ohnmacht hineinfallen zu lassen und dadurch in Kontakt mit dem wahrhaftigsten Teil von mir selbst zu kommen.«

»Es ist nicht gesagt, dass man vor Schmerz ohnmächtig werden muss, um mit sich selbst in Kontakt zu treten. Zumindest ist nicht gesagt, dass man nicht wieder aufwachen kann, wenn man ohnmächtig geworden ist.«

»Hm.«

»Denken Sie mal darüber nach.«

»...«

»...«

»Aber es gibt auch noch etwas Neues.«

»Und das wäre?«

»Der Roman nimmt Form an. So langsam spüre ich richtig, wie er ... in mir klingt. Ich schreibe, schreibe und schreibe.«

»Seltsam, oder? Erst sagen Sie mir, dass Sie wegen des Zehn-Minuten-Spiels weniger Zeit für sich selbst haben, und jetzt höre ich, das Sie endlich die Zeit gefunden haben, zu schreiben.«

»Stimmt, seltsam.«

»...«

»...«

»Und sonst? Ist in der vergangenen Woche noch etwas Neues passiert?«

»Abgesehen von der Tatsache, dass ich pinken Nagellack ausprobiert, mich im Fitnessstudio eingeschrieben, Geige gespielt, Pancakes gebacken, Hip-Hop getanzt und ein Gemälde von Vermeer angestarrt habe? Und außerdem rückwärts durch die Stadt gegangen bin? Ja, es ist tatsächlich noch etwas Weiteres passiert: Ich habe plötzlich angefangen zu lachen. Kennen Sie das, wenn man einfach so loslachen muss und nicht weiß, weshalb eigentlich genau, und gerade deshalb immer mehr lachen muss? Das ist mir in der letzten Woche mindestens zweieinhalb Mal passiert. Als ich mich bei Ato untergehakt habe und rückwärts gegangen bin und als ich versucht habe, mit meiner Hip-Hop-Lehrerin Schritt zu halten. Und ein kleines bisschen, als der erste Pancake, den ich versucht habe in der Luft zu wenden, auf dem Boden gelandet ist. Oder, besser gesagt, auf meinem Fuß.«

»Seit wann war Ihnen das nicht mehr passiert?«

»So völlig aus dem Blauen heraus zu lachen? Seit mehr als elf Monaten.«

»Machen Sie weiter mit dem Spiel, Chiara, das kann ich Ihnen nur empfehlen.«

»Ich versuche es. Aber im Moment entgeht mir noch der tiefere Sinn. Das Spiel ist eine Einladung, unsere mentalen Schemata zu durchbrechen, stimmt's?«

»Mehr oder weniger.«

»Genau dieses Mehr und dieses Weniger ist mir noch nicht ganz klar.«

»Was sagt denn Ihr Ehemann zu unserem Spiel?«

»Um ehrlich zu sein, habe ich ihm noch nicht im Detail davon erzählt. Ich weiß auch nicht genau, weshalb. Vielleicht weil es das Erste ist, was ich allein mache, ohne ihn. Natürlich war da auch der Sommer auf Formentera mit Gianpietro. Und natürlich ist da Ato und klar sind da die Rechnungen und all das … Inzwischen mache ich ja fast alles allein. Doch Mein Ehemann kennt Gianpietro, er kennt Ato und die Rechnungen haben wir uns immer geteilt. Daher spüre ich in diesen Fällen noch immer seine Präsenz. Er kennt diese Chiara. Und zwar so gut wie niemand anders.«

»Die Chiara mit dem pinken Nagellack, die Pancakes backt, kennt er hingegen nicht.«

»Nein. Und ich frage mich oft, ob sie ihm gefallen würde.«

»Und wie lautet die Antwort darauf?«

»Wahrscheinlich, dass ich diese Chiara erst einmal selbst

kennenlernen sollte, um das herauszufinden. Ich fühle mich ihr selbst noch nicht sehr nah. Aber …«

»Ja?«

»Jemanden wirklich zu kennen ist so etwas Schicksalhaftes, dass … dass es für immer ist, wenn es einmal passiert ist. Oder? Man kann sich natürlich weiterentwickeln, sich verändern. Doch die Seele bleibt die gleiche.«

»Ja, ich denke, das ist so.«

»Dann werden Mein Ehemann und ich niemals wieder Fremde füreinander sein können.«

»Wenn das, was Sie Seele nennen, wirklich mit der des anderen in Berührung gekommen ist, dann nicht.«

»Wie nennen Sie sie denn?«

»Was?«

»Die Seele.«

»Manchmal nenne ich sie ebenfalls Seele. Manchmal aber auch tiefstes Ich oder tiefer Kern.«

»*Tiefer Kern* gefällt mir … Und in dieser Sache bin ich mir jedenfalls sicher.«

»In welcher, Chiara?«

»Dass mein tiefer Kern und der Meines Ehemannes untrennbar miteinander verbunden sind. Oder wir sogar gemeinsam einen einzigen tiefen Kern bilden.«

»Das ist ganz sicher so. Chiara, ich rate Ihnen: Machen Sie weiter mit den zehn Minuten.«

Von der Praxis meiner Therapeutin aus eile ich zur Universität.

Elisa18. Unter diesem Namen hatte ich vor sieben Jahren die Nummer des blondgelockten Mädchens mit seinen eindringlichen, großen Augen auf meinem Handy abgespeichert. Sie sprach mich nach einem Orientierungskurs an, den ich an ihrem Gymnasium gegeben hatte. In verschiedenen Berufsfeldern tätige Erwachsene sollten den Schülern von Freud und Leid ihrer Arbeit erzählen. Ich war gebeten worden, von den Vor- und Nachteilen der Entscheidung zu berichten, meine Leidenschaft zum Beruf gemacht zu haben.

Sobald ich meinen Vortrag beendet hatte, kam sie auf mich zu. Sie redete unglaublich schnell, ohne zwischendurch ein einziges Mal Luft zu holen, und gestikulierte wild mit den Armen. Zunächst einmal bedankte sie sich bei mir dafür, ihr Mut gemacht zu haben. Nun würde sie sich vielleicht doch trauen, Literaturwissenschaften als Studienfach zu wählen.

»Meinst du, um Literatur zu studieren, reicht es schon, gern zu lesen, oder muss man auch selbst eine besondere Begabung in der Richtung haben? Denn ich bin nicht sicher, ob ich die habe. Wie war das denn bei dir? Wusstest du schon, dass du mal schreiben würdest, bevor du angefangen hast zu studieren? Und woher wusstest du, dass das nicht nur irgendein Hirngespinst war, sondern wirklich genau das, was du machen wolltest?«

Sie hielt mich am Arm gepackt und fuhr fort, mich mit Fragen zu löchern. Ich liebte sie sofort. So wie einen Welpen, dem man nur einmal in die Augen zu schauen braucht, um zu wissen, dass er von nun an für immer zu einem gehören wird. Oder eine Landschaft, die einem einen besonders schönen Sommer in Erinnerung ruft. Oder eine kleine Schwester, die man zum ersten Mal durch die Glasscheibe der Säuglingsstation sieht. Im Ungestüm dieser Achtzehnjährigen erkannte ich mein eigenes Ungestüm in ihrem Alter wieder, in ihren Ängsten die meinen. Die Rückhaltlosigkeit ihres strahlenden Lächelns verzauberte mich, und tief in mir fühlte ich mich so sicher in meiner Zuneigung zu ihr wie selten in meinem Leben.

Dieses Mädchen war so unverfälscht, es fühlte tatsächlich einzig und allein mit seinem Herzen und dachte einzig und allein mit seinem Kopf.

Mich überkam das Bedürfnis, sie zu umarmen und zu ermuntern, so zu bleiben, wie sie war, und zugleich hatte ich das große Verlangen, sie zu beschützen. Denn die Welt kann grausam sein zu dem, der es wagt, ihr einen ehrlichen Gedanken, ein wahrhaftiges Gefühl entgegenzusetzen.

Ich gab ihr meine Telefonnummer und speicherte ihre ab. Unter Elisa18.

Und heute? Heute ist Elisa fünfundzwanzig.

Von unserer ersten Begegnung an war ich begeistert von ihrer überbordenden Energie, ihrer Lebendigkeit und ihren Fragen gewesen. Sie war die Erste, die meine aktuelle Kolumne las, und sie ist noch immer die Erste, der ich die Fahnen meiner Romane zu lesen gebe. Und heute bekommt sie ihr Diplom überreicht.

Ich bin gerührt bei dem Gedanken an die achtzehnjährige Abiturientin, die sie einmal war, und ihre Aufregung angesichts der unendlich vielen Möglichkeiten, die verheißungsvoll vor ihr aufleuchteten, bevor sie zu einer einzigen zusammenschmolzen: ihrer Wahl.

Ich betrete die literaturwissenschaftliche Fakultät gerade noch rechtzeitig, bevor sie an der Reihe ist. Offensichtlich bin ich nicht ihr einziger Fan: Die Aula ist voll von uns. Sogar die strenge und würdevolle Professorin scheint eine Schwäche für dieses blonde Wesen zu haben, das unablässig auf der Suche ist.

Die Darstellung der weiblichen Figuren in Émile Zolas »La joie de vivre« lautet der Titel von Elisas Diplomarbeit. Während ihrer Verteidigung redet sie wie gewohnt unerhört schnell, gestikuliert wild und ihre Augen strahlen wie kleine Sonnen.

Die Professorin stellt ihr eine Frage und sie antwortet. Man könnte fast meinen, Elisa, nicht Zola, habe die *joie de vivre* erfunden, so sehr scheint sie sie mit der ganzen positiven Entschlossenheit ihrer Person auszustrahlen.

Und als ihr *Magna cum laude* verkündet wird, ist der Jubel groß.

Sie klammert sich an meinen Arm, genau wie vor sieben Jahren: »Du gehst doch nicht gleich wieder, oder? Du kommst doch mit zum Umtrunk? Ich weiß ja, dass du trendige Bars nicht magst, aber die, die ich ausgesucht habe, gefällt dir bestimmt. Kommst du also mit? Bitte!«

Wie hätte ich da Nein sagen können?

»Gib mir zehn Minuten, dann komme ich nach.«

Denn der Tag schreitet voran. Und ich habe noch meine kleine tägliche Mission zu erfüllen.

Ich sehe mich um, auf der Suche nach einer Idee.

In diesem Moment betritt eine in ein rotes Schlauchkleid gepresste Studentin auf unwahrscheinlich dünnen und hohen Absätzen die Aula, die Elisa gerade verlassen hat. Gefolgt von ihren Eltern und ein paar Freunden. Sowie von mir.

Die Mutter der Diplomandin lächelt mich an, offensichtlich verwechselt sie mich mit jemandem. Ich verdrücke mich leise in die Nähe der Tür. In zehn Minuten werde ich den Saal wieder verlassen und will dann nicht stören.

Das Mädchen im Schlauchkleid zittert vor Aufregung. Sosehr ich vor wenigen Minuten noch mit Elisa mitgefiebert habe, so verwundert beobachte ich nun die Nervosität dieser Studentin, sie erscheint mir übertrieben. Ist doch nur ein Diplom, denke ich – ich, die ich mir mindestens dreimal die Tränen weggewischt habe, während Elisa über Zola gesprochen hat.

Wie absurd das Leben sein kann, wenn wir nicht selbst betroffen sind.

Die Schlauchkleid-Studentin fängt also an, ihre Arbeit zu verteidigen: Es handelt sich um eine Analyse zeitgenössischer Romane, die auf irgendeine Weise Bezug auf *Madame Bovary* von Gustave Flaubert nehmen. Da sie ihre Verteidigung auf Französisch hält, verstehe ich nur hier und da etwas, und das Mädchen hat eine monotone Stimme. Ich muss mir Mühe geben, nicht einzuschlafen, und blicke immer wieder auf die Uhr, in der Hoffnung, dass die zehn Minuten schnell verstreichen. Doch es sind gerade einmal vier vergangen.

Das Leben ist absurd und langweilig, wenn wir nicht selbst betroffen sind.

Kaum habe ich das gedacht, unterbricht der Professor ihren Vortrag. »Und was lässt sich über Berthe Bovary sagen, die Tochter Emmas?«

Die Diplomandin wechselt ins Italienische. »Sie ist eine der Mutter diametral entgegengesetzte Figur.«

»Inwiefern?«

»Madame Bovary ist nie zufrieden mit dem, was sie hat, sie kann dessen Wert nicht erkennen. Berthe hingegen begnügt sich mit wenig.«

»Richtig«, sagt der Professor. »Ihre geringeren Erwartungen erlauben es Berthe zweifelsohne, ein Leben zu führen, das mehr in Einklang mit ihren Möglichkeiten ist.«

Es ist, als hätte mich eine eiskalte Hand berührt. Ich vergesse, die Uhr im Blick zu behalten, und höre mir die gesamte Prüfung der Unbekannten im Schlauchkleid an. Als sie nur eine Eins minus bekommt, bin ich regelrecht enttäuscht.

Dann mache ich mich auf den Weg in die Bar, zu Elisa und ihren Freunden.

Geringere Erwartungen erlauben es uns zweifelsohne, ein Leben zu führen, das mehr in Einklang mit unseren Möglichkeiten ist.

Das ist ganz sicher wahr. Die Frage ist nur: Wie kann man diesen Zustand erreichen?

Hätte ich stoisch ertragen sollen, dass Mein Ehemann in unserer letzten gemeinsamen Zeit ständig müde und mit den Gedanken woanders war? Wäre er nicht nach Dublin geflüchtet, wenn ich geringere Erwartungen an unsere Zweisamkeit gehabt hätte? Und wäre ich in größerer Übereinstimmung mit meinen Möglichkeiten, meinem Leben, wenn ich weniger Heimweh nach Vicarello hätte?

Nennt man das dann Glück? Oder bringt es einen nur dazu, dass man lernt, auf Glück zu verzichten?

Müssen wir uns alle entscheiden? Dafür, entweder glücklich auf Emmas oder auf Berthes Art zu sein? Oder unglücklich auf Emmas, unglücklich auf Berthes?

Dienstag, 11. Dezember
Sonnenaufgang 7:28 – Sonnenuntergang 16:39

www.youporn.com

Ato ist heute Morgen zur Schule gegangen, von wo aus er direkt ins Jugenddorf zurückkehren wird. Und ich arbeite an meinem Roman. Ich arbeite und arbeite. Nachdem ich schon beinahe die Hoffnung aufgegeben und kaum mehr daran geglaubt hatte, stecke ich nun endlich mittendrin.

Schreiben ist für mich ein bisschen wie Sex mit jemandem, den man liebt und in- und auswendig kennt. Man weiß nicht, ob man noch richtig Lust hat, fürchtet, man habe nichts Aufregendes mehr zu geben und könne nichts Neues mehr entdecken. Dann jedoch lässt man sich auf den anderen ein, vergisst seine Angst, gibt, was man zu geben hat, und entdeckt, was zu entdecken ist. Und am Ende kommt man.

Mein Ehemann hat mich als Erster geküsst und mit ihm hatte ich mein erstes Mal. In unseren achtzehn Jahren sind wir uns nähergekommen, haben uns voneinander entfernt, sind voreinander weggelaufen, haben uns wiedergefunden und schließlich geheiratet.

In den Zeiten der Distanz hatte ich ein paar Affären, jedoch keine, die mich davon abgehalten hätte, ihm nachzutrauern. Und jedes Mal, wenn wir wieder zueinander fanden, waren wir noch ein Stück intimer miteinander, noch ein Stück offener, noch ein Stück verliebter. Der Sex zwischen uns hatte immer etwas sehr Natürliches und Intensives. Bis – und ich weiß noch immer nicht, wie das passieren konnte – unsere Körper ihre magnetische Anziehungskraft verloren.

Wenn wir verreisten, und sei es nur für ein Wochenende, wenn wir vor dem flohen, was inzwischen unsere Realität geworden war, wurden wir wieder neugierig, ja heiß auf den anderen und konnten nicht genug voneinander bekommen. Keine Spur von Melancholie. Sobald wir jedoch nach Rom zurückkehrten, in unser neues Heim, unsere Erwachsenenwohnung, war es, als würden unsere Hände, Beine und Zungen plötzlich unter einem Bann stehen.

Ich glaube, es hatte irgendetwas mit Emma und Berthe Bovary zu tun. Als würde uns jemand einflüstern: »Wenn du diese Person berührst, wirst du ein für alle Mal glücklich und zufrieden sein, doch ein Teil von dir wird für immer sterben.«

In Vicarello lebten wir wie zwei ewige Studenten. Nur wenige Meter entfernt wachten meine Eltern über uns – oder bedrohten uns, je nach Tagesform. Was zwischen uns nicht gut lief, konnten wir immer auch auf sie schieben, das, was funktionierte, war jedoch allein unser Verdienst.

Als wir nach Rom zogen, änderte sich alles mit einem Schlag.

Nachdem ich für meine Kolumne zu Fuß von einem Ende dieser schrecklichen Stadt zum anderen gelaufen war, ließ ich mich jeden Abend aufs Sofa fallen und begann meine Litanei darüber, wie müde ich war und wie sehr mir mein Haus in Vicarello fehlte.

Mein Ehemann kam meist von einem langen Tag im Gericht nach Hause, ließ sich in den Sessel sinken und schaltete den Fernseher ein.

Wenn es gut lief, massierte er mir die Füße. Wenn es schlecht lief, stritten wir: weil ich den Müll nicht runtergebracht hatte, weil er ihn nicht runtergebracht hatte; weil er vergessen hatte, das Sky-Abo zu verlängern, weil ich den Geburtstag seines Vaters vergessen hatte; weil ich nicht mehr das unsichere Mädchen mit den Zöpfen war, weil er nicht mehr der wütende Junge mit den gelben Augen war. Und wenn ich schließlich im Bett lag, verschickte ich wahllos Nachrichten an meine Freunde, in denen ich mich darüber ausließ, was für ein Mistkerl er war.

Er saß währenddessen vor YouPorn. Vermute ich zumindest. Weil ein Mann, den ich für meine Kolumne interviewt habe – vier Scheidungen und sechs Katzen –, mir erzählt hat, dass genau das passiert, wenn eine Beziehung kurz vor dem Aus steht: »Sie geht um zehn Uhr schlafen und er geht auf YouPorn. Ich hab dann Schluss gemacht. Und jetzt gehe ich einfach gleich auf YouPorn, gebe meinen Katzen zu fressen und pfeife auf den Rest der Welt.«

Ist es demnach vorbei, zwischen mir und Meinem Ehemann? Und wusste er das schon, bevor er nach Dublin reiste, bevor er nach New York floh? Suchte er auf YouPorn nach der Inspiration, die ich ihm nicht mehr geben oder die er zumindest nicht mehr von mir annehmen konnte?

Ich schließe das Word-Dokument meines Romans und tippe ein: www.youporn.com.

Wieso mich noch nie die Neugier gepackt hat, mir anzusehen, was sich in diesen Gefilden abspielt, ist mir ein Rätsel.

Zehn Minuten sind jedoch bei Weitem nicht genug, um sich ein halbwegs umfassendes Bild davon zu machen, das wird mir augenblicklich klar. Dafür gibt es zu viel Auswahl, zu viele Angebote.

Amateur-Pornos, Lesben-Pornos, Hardcore-Sex, Promi-Sex-Tapes, 10p Adult Phone Chat, Adult Amateur, Adult Avatar Chat Rooms …

Ich folge meiner persönlichen Neigung und wende mich der Rubrik der Amateur-Videos zu. Dort wähle ich eines aus, das elf Minuten dauert.

Sie ist so halbwegs blond, hat ein paar Pfund zu viel auf den Hüften, große Brüste und einen schlaffen Po, der mit einem weißen Spitzen-Tanga bekleidet ist.

Er ist schlank und muskulös, trägt eine Sonnenbrille und hat ein Falken-Tattoo auf dem Rücken.

Schauplatz ist ein anonymes Hotelzimmer am Meer. Den Lichtverhältnissen nach zu urteilen, scheint es früher Nachmittag irgendwann zu Sommerbeginn zu sein.

Erst liegt er auf ihr. Vier Minuten lang.

Dann sitzt sie auf ihm. Zwei Minuten lang.

Er zieht sich eine Robotermaske über, sie eine Spiderman-Maske, sie kniet sich vor das Bett.

Ich fange an, mich zu langweilen.

Auf meinem Handy habe ich noch viele Nummern der Protagonisten meiner Kolumne gespeichert. Ich suche nach der des mehrfach Geschiedenen und schreibe ihm: *Gerade sehe ich mir ein Video auf YouPorn an, aber dagegen scheint mir ja sogar eine Folge von Quarks & Co. anregender zu sein! Habe ich das verkehrte Video ausgesucht? Oder bin* ich *verkehrt? Chiara*

Während die halbwegs blonde Frau wirklich alles daransetzt, ihren Gespielen zum Höhepunkt zu bringen, sich dabei zwischendurch der Kamera zuwendet und lasziv mit dem Finger über die Lippen fährt, antwortet mir der mehrfach Geschiedene: *Hallo, Chiara! Erklär mir Dein Problem genauer: Deprimiert Dich das Video, weil Du gegen den sexuellen Ausverkauf bist, der unser hedonistisches Zeitalter prägt? Weil Du dabei an Männer wie mich denkst, deren Sexleben aus nichts anderem als diesen schäbigen Bildern besteht? Oder weil Sex Dich nicht mehr reizt und Du Dich wie eine Kriegsversehrte fühlst? A, B oder C?*

Hilfe, ich weiß es nicht.

Vielleicht C. Und das nur, weil Sex mich ehrlich gesagt nicht besonders interessiert, wenn ich ihn nicht selbst habe.

Dann bist Du gesund, antwortet er.

Doch dann überlegt er es sich noch einmal: *Aber auch ein bisschen narzisstisch. Denk auf jeden Fall mal darüber nach, wie viele Kollateralschäden man vermeiden kann, indem man sich die Liebe nur anschaut, statt sie um jeden Preis selbst erleben zu müssen.*

Als wollte er sagen: »Das Leben ist phantastisch, wenn wir nicht selbst betroffen sind.«

Der Mann zieht sich die Robotermaske vom Gesicht, damit die Kamera sein Gesicht so einfängt, wie es nun einmal aussieht, wenn er kommt.

Ist es schön?

Ist es hässlich?

Es ist einfach seins.

Das Leben ist absurd, langweilig und phantastisch, wenn wir nicht selbst betroffen sind.

Mittwoch, 12. Dezember
Sonnenaufgang 7:29 – Sonnenuntergang 16:39

Kreuzstich

Horizontaler Kreuzstich:

- *Orientieren Sie sich an den durch den Stoff vorgegebenen Kästchen.*
- *Mit der Nadel (auf die Sie zuvor das Garn aufgezogen haben, das die gleiche Farbe wie das aufgedruckte Motiv hat) von hinten nach vorne durch den Stoff stechen. Dann in der schräg rechts darüberliegenden Ecke des Kästchens wieder von vorne auf die Rückseite des Stoffes.*
- *Anschließend die Nadel durch die linke untere Ecke des Kästchens daneben wieder nach vorne bringen und erneut in der rechts darüberliegenden Ecke des Kästchens nach hinten führen.*
- *So weitermachen, bis mehrere Stiche aneinandergereiht sind und eine Linie bilden.*
- *Dann das Ganze in umgekehrter Richtung wiederholen, sodass kleine Kreuze entstehen.*

Wichtig: Die Farbe des Garns austauschen, wenn das Motiv wechselt (BRAUN für den IGEL, ROT für das HERZ, GRÜN für den BUSCH).

Wenn der Faden aufgebraucht ist, bringen Sie ihn auf die Rückseite des Stoffes und befestigen Sie ihn, indem Sie das Fadenende durch einige bereits fertiggestellte Kreuze ziehen.

Diese Anleitung (die ich hier wortgetreu wiedergebe) hat mir die alte Dame mit der dicken Hornbrille aufgeschrieben, die ich im *Stickparadies* kennengelernt habe.

Ich hätte nie geglaubt, dass es einen solchen Ort auf dieser Welt noch gibt. Und dann auch noch in diesem Viertel, drei Straßen von unserer Wohnung entfernt. Meiner Wohnung.

Das ist einer der Gründe, weshalb mich Mein Ehemann immer »Mister Magoo« genannt hat. Wie die gleichnamige Zeichentrickfigur gerate ich ständig ins Stolpern und baue Beinaheunfälle, ohne mir je einer Gefahr bewusst zu werden. Ich kann nicht Auto fahren und hatte bis vor einer Woche nicht die leiseste Ahnung, dass ich eigenhändig etwas kochen kann. Das Problem dabei sind meine Hände: Wenn sie etwas auffangen müssen, das gerade herunterfällt, oder auch nur ein Glas halten sollen, ohne dass sich mir dessen Inhalt über die Hose ergießt, wenn sie die Batterien der Fernbedienung oder eine Glühbirne austauschen müssen, ist es, als würden sie sich in zwei Pancakes verwandeln. Zwei labberige, sirupdurchtränkte Pancakes.

Sie tun das nicht mit Absicht, selbst wenn Mein Ehemann mich manchmal des Gegenteils bezichtigte. Zum Beispiel das eine Mal, als ich zwei Kabel vertauschte und beinahe den Fernseher an das Telefon angeschlossen hätte statt an den DVD-Player, oder als ich eines Abends auf dem Weg zum Aufzug im Treppenhaus eine Weinflasche fallen ließ.

Solche Dinge eben.

Dinge, die eine Betätigung auf dem Gebiet der »traditionsreichen und erlesenen Kunst der Stickerei« (wie es im Untertitel eines der zahllosen Fachmagazine heißt, die am Eingang des *Stickparadieses* zur Mitnahme ausliegen) von vornherein ausschließen. Und zwar so sehr, dass ich mir noch nicht einmal der Existenz dieses Ladens bewusst gewesen bin.

Bis ich – als ich heute auf dem Nachhauseweg vom Fitnessstudio über meine täglichen zehn Minuten nachdachte – geradewegs hineinstolperte. Es ist ein Geschäft wie anno dazumal, in dem die Zeit stehengeblieben zu sein scheint. Voller Staub und dunkler Ecken, mit Regalen bis unter die Decke, die mit Kistchen vollgestopft sind. Nach Farben sortierte Wollknäule füllten ganze Regale, ordentlich gestapelte Stoffballen scheinen »Kauf mich, kauf mich!« zu rufen.

Die alte Dame, die hinter der Kasse hantierte, erinnerte mich an meine Großmutter. Sie hatte den gleichen spitzbübischen Ausdruck auf dem Gesicht, schlanke, flinke Glieder und Haare in Form einer weißen Wolke. Plötzlich hatte ich meine Großmutter wieder genau vor Augen, wie sie sich mit ihrem breitkrempigen Strohhut und ihren Gummistiefeln kreuz und quer durch den Gemüsegarten von Vicarello arbeitete und Unkraut jätete. Sie starb eines Maimorgens im Schlaf, ohne sich zu verabschieden: Mit der gleichen Leichtigkeit, mit der sie gelebt hatte, ging sie auch. Ich war damals achtzehn Jahre alt, zehn Tage später sollte ich zum ersten Mal Meinem Ehemann begegnen. Mir hat es immer leidgetan, dass sie ihn nicht mehr kennengelernt hat. Und es tut mir auch heute noch leid – trotz allem, was zwischen ihm und mir vorgefallen ist.

Ich ging zur Kasse und erklärte der alten Frau, was mich zu ihr brachte. »Ich habe überhaupt keine Ahnung vom Sticken, aber ich muss jeden Tag zehn Minuten lang etwas machen, was ich noch nie getan habe. Und heute würde ich es eben gern mit Sticken probieren.«

Durch ihre dicken Brillengläser hindurch starrte sie mich

aus wässrigen Augen prüfend an. Schließlich lächelte sie: »Was für eine schöne Idee.« Sie klatschte in ihre kleinen Hände. Einmal. Zweimal. Dann fing sie an, in ihren tausend Kistchen zu kramen, und holte Nadeln sowie kleine Garnrollen in verschiedenen Farben hervor. Und ein Stück Stoff, das mit einem Igel, einem Herz und einem Busch bedruckt war.

»Das ist ein Stoff mit großen Kästchen, damit käme sogar ein Kind zurecht«, beruhigte sie mich und empfahl mir, wie alle Anfänger mit der einfachsten Technik anzufangen: dem horizontalen Kreuzstich. »Sehen Sie, es ist ganz einfach. Sie müssen mit der Nadel hier durchstechen und dann hier, dann wieder hier und dann hier. Und dann das Ganze in die andere Richtung. Dabei muss man aber darauf achten, dass ...« Sie redete und redete, ebenso geschwind, wie ihre kleinen Hände sich über den Stoff bewegten, merkte jedoch bald, dass ich noch nicht einmal ansatzweise in der Lage war, ihr zu folgen. Also schrieb sie mir die Anleitung auf.

Zum Schluss verabschiedete sie sich mit einer Prophezeiung: »Ich sehe Sie ganz sicher bald wieder. Wenn man einmal mit dem Sticken angefangen hat, will man nie mehr damit aufhören!«

Ihre Worte hallen in mir wider, während ich probiere ... nein, dieser Stich nach rechts oben will mir einfach nicht gelingen. Wie soll das denn gehen? Ich sehe auf die Uhr, doch es sind erst zwei Minuten vergangen. Sie kamen mir unendlich lang vor. Doch so schnell gebe ich nicht auf. Ich habe mit dem Igel angefangen, vielleicht hätte ich es besser zuerst mit dem Herz probieren sollen, sage ich mir. Also tausche ich das braune gegen das rote Garn, doch das macht es nur noch schlimmer. Ich habe keine Ahnung, was ich falsch mache, wo ich mit dieser verdammten Nadel durchstechen soll, damit sie im richtigen Kästchen landet. Es ist alles so kompliziert, so unmöglich: Das Garn macht, was es will, die Nadel ist zu groß und die Kästchen sind zu klein. Und dann wiederum ist die Nadel zu klein und die Kästchen sind zu groß.

Nach zehn Minuten besteht die Rückseite des Stoffes aus einem heillosen Wirrwarr aus Fadenenden und dicken Verknotungen.

Sogar ein Kind käme damit zurecht, hat die alte Dame gesagt. Ich jedoch eindeutig nicht.

So bald wird sie mich also sicher nicht wiedersehen, was mir ein wenig leidtut. Aber Sticken ist definitiv nichts für mich. Und doch rührt es mich, zu wissen, dass es auf dieser Welt eine alte Dame gibt, die meiner Großmutter ähnelt. Und dann auch noch in diesem Viertel, drei Straßen von unserer Wohnung entfernt. Meiner Wohnung.

Donnerstag, 13. Dezember
Sonnenaufgang 7:29 – Sonnenuntergang 16:39
Neumond 9:42

Wie geht's dir, Mama?

Es mag an der alten Dame vom *Stickparadies* und dem Geist meiner Großmutter liegen, jedenfalls ist meine Sehnsucht nach Vicarello heute beinahe unerträglich.

Ich arbeite ein wenig am Roman, dann rufe ich meine Mutter an: »Bist du zum Mittagessen zu Hause?«

»Ja, natürlich.«

»Dann warte auf mich, ich komme.«

Doch bevor ich losfahre, möchte ich noch eine Überraschung für sie vorbereiten.

Ich nehme den Zug nach Vicarello. Den Zug, den ich schon unzählige Male genommen habe. Hin und zurück. Hin zu einer Familie, um mit ihr für meine Kolumne zu Mittag zu essen. Zur Kanzlei Meines Ehemannes, um ihn zu überraschen. Zu einem Treffen mit meinem Verleger, einer Buchpräsentation, zum Kino, Gynäkologen oder Zahnarzt. Und wieder zurück.

Nach Hause. In mein wahres Zuhause, mein Zuhause seit jeher, mein Zuhause für alle Zeit.

Ich treffe sie am Bahnhof, wo sie mich erwartet. Meine Mutter ist müde und in Eile, auch wenn sie nicht genau erklären könnte, weshalb. Sie freut sich, mich zu sehen, doch kaum bin ich aus dem Zug gestiegen, wirft sie mir vor, dass ich zu dünn sei. Sie ist eben meine Mutter.

Wir umarmen uns.

»Hier.« Ich reiche ihr eine Tüte mit einer Schüssel darin und achte darauf, sie schön gerade zu halten.

»Was ist das?«

»Ein Tiramisu. Ich hab's selbst gemacht.«

»Du?« Sie lacht.

»Ja, ich«, antworte ich mit ernster Miene. »Ich habe im Internet eine Seite mit Rezepten gefunden und wollte heute mal das Tiramisu ausprobieren. Das ist doch immer noch dein Lieblingsnachtisch, oder?«

»Ja, ja«, erwidert sie, doch sie lacht immer noch. Als könnte sie es nicht glauben, als wäre das einer meiner üblichen Witze. Ich soll ein Tiramisu gemacht haben, ihre Tochter, dieser niedliche Tollpatsch. Ein Tiramisu!

Als meine Eltern mir das Haus überließen, in dem ich aufgewachsen war, richteten sie sich ein paar Meter weiter in einer leeren Scheune ein kleineres her und zogen dort ein. Vor zwei Monaten – nachdem die Sanierungsarbeiten, die mich ins Exil nach Rom geschickt hatten, endlich abgeschlossen waren – haben sie die Scheune jedoch an ein deutsches Rentnerpaar vermietet und sind zurück in unser altes Haus gezogen.

»Aber sobald der Mietvertrag für deine Wohnung in Rom ausläuft, endet auch der mit den Deutschen«, werden sie nicht müde, mir zu versichern. »Und wenn du das dann willst, kommst du wieder nach Hause und wir ziehen zurück in die alte Scheune.«

Die Deutschen sitzen im Vorgarten ihres Häuschens und spielen Rommé. Sie genießen diesen so gar nicht winterlichen Tag mit seiner milden Luft und seinem wolkenlosen Himmel.

Vor meinem Haus liegen unsere zwei Hunde und sonnen sich. Alles ist an seinem Platz und auch ich bin genau dort, wo ich hingehöre.

Dieses Gefühl überkommt mich – seit zum Jahresanfang alles anfing, den Bach runterzugehen – jedes Mal, wenn ich meine Eltern besuche. Mein Haus mag renoviert worden sein, doch für mich ist es immer noch das gleiche. Und auch ich bin dort wieder die Alte, und sei es nur für eine Stunde: die Chiara von vor dem Anruf Meines Ehemannes aus Dublin, die noch ihre Kolumne hatte, ihre Sicherheit und ihre Ängste. Ja, sogar sie waren mir im Laufe der Zeit lieb und teuer geworden, wie alles, an das man sich gewöhnt hat. Die Ängste, die ich jetzt habe, sind hingegen neu. Ich verstehe noch nicht einmal alle von ihnen. Und meine Sicherheit habe ich verloren.

Ich gehe hoch in mein Zimmer, unter dem Vorwand, mir ein Buch holen zu wollen. Dort steht das Bett, von dem aus ich nachts nach Mama und Papa rief, nur um mich zu vergewissern, dass sie da waren, auch wenn sie schliefen, dass ich wichtiger war als ihr Schlaf, wichtiger als alles andere. Daneben hängen die Wandregale mit meinen Schulbüchern, darunter auch ein paar juristische Fachbücher Meines Ehemannes. Und an allen vier Wänden kleben Fotos von uns, von ihm und mir. In Kambodscha, China, Mexiko, Chile und Costa Rica, in Amsterdam und im Vorgarten der alten Scheune.

Als wir klein waren, schlief mein Bruder im Zimmer nebenan. Dann ging er zum Studium nach Mailand, inzwischen arbeitet er in Berlin. Als ich schließlich allein in meinem großen geliebten Haus wohnte, vermietete ich sein Zimmer an Gianpietro, der den Schrank mit Hemden aus Glanzstoff und stylishen Mokassins vollstopfte, dann an Carlo, der seine Zeitungen und Mitgliedsausweise der Schwulenorganisation Arcigay und der Demokratischen Partei mitbrachte, an Vincenzo, der Koch war, an Igor, der Schauspieler werden wollte, und an Alessandra, eine Karrierefrau, die jedoch, kaum dass sie Feierabend hatte, ihr Pferd nahm und die Freiheit genoss, mit ihm über die Felder rund um Vicarello zu reiten.

Mit Gianpietro habe ich gelacht und genauso viel geweint, einmal habe ich sogar mit einer Stange Zigaretten auf ihn eingeschlagen. Ich war eine rastlose Nervensäge, genau wie er, und so schickten wir uns jeden Morgen gegenseitig zum Teufel, um dann abends bis in die frühen Morgenstunden zusammen Karaoke-Lieder von Mina zu singen.

Mit Carlo habe ich, ohne es zu merken, das Eheleben geprobt: Wir wechselten uns damit ab, Frau oder Mann zu sein, je nachdem, wer gerade das größere Bedürfnis hatte, sich anzulehnen, ein gemachtes Bett vorzufinden oder eine heiße Wärmflasche auf den Bauch gelegt zu bekommen. Und im Gegensatz zu meiner tatsächlichen Ehe läuft unser Bund in ruhigen Bahnen beständig weiter, obwohl er heute in Brüssel für das Europaparlament arbeitet.

Vincenzo und Igor traf ich tagsüber kaum jemals an und Alessandra ist bis heute eine meiner besten Freundinnen.

Und dann kam Mein Ehemann. Obwohl es ihn natürlich schon lange vorher gab: Es gab ihn schon, als Gianpietro da war, als Carlo da war und als Vincenzo, Igor und Alessandra da waren.

Es waren intensive und chaotische Jahre, die zugleich auf ihre Art perfekt waren. Mein Kopf und mein Herz hatten mit den üblichen Monstern zu kämpfen, doch der Ringelreihen, der sich in meinem Haus drehte, lenkte sie ab. Ich weiß nicht, wohin sie sich verzogen, wenn Mein Ehemann von der Uni kam und mit mir und Gianpietro zu Abend aß; wenn er am Wochenende bei mir übernachtete und Carlo uns das Frühstück ans Bett brachte; wenn er mit mir und Alessandra ausritt oder wir uns alle vor dem Kaminfeuer zusammenkuschelten und uns an Gesprächen, Joints und Schokolade berauschten – bis irgendwann meine Mutter an der Tür klingelte, mit einem Tablett voll mit Schinken, Käse und gegrilltem Gartengemüse … Ich habe keine Ahnung, wo meine Monster da waren. Jedenfalls nicht bei uns.

Dann hat Mein Ehemann seinen Abschluss gemacht, ich habe ebenfalls die Uni abgeschlossen und meinen ersten Roman veröffentlicht, er hat das Staatsexamen bestanden und ich habe meinen zweiten Roman herausgebracht. Als Alessandra schließlich nach Turin zog, mussten wir es nicht mal laut aussprechen, es lag einfach in der Luft: Lass uns zusammenziehen. Und ohne es lange ausprobieren zu müssen, ist uns das Zusammenleben hier sofort gelungen. Wohingegen es uns in Rom, in der Erwachsenenwohnung, nie gelungen ist.

Meine Mutter und ich essen Tomaten mit Mozzarella und Basilikum. Die Tomaten stammen selbstverständlich aus dem Garten.

»Jetzt, wo du Tiramisu zubereiten kannst, könntest du eigentlich auch mal lernen, dich um die Gemüsebeete zu kümmern, oder?«

»Mama, ich würde dir doch niemals die Freude nehmen, das selbst zu tun.«

Meine Mutter lächelt. Mein Ehemann hatte einmal versucht, Wirsing zu säen, doch nach einer Woche hatte er schon wieder vergessen, in welcher Ecke er seine Samen vergraben hatte. Es gibt einfach Dinge, die – solange sie leben und vielleicht sogar darüber hinaus – Aufgabe der Eltern bleiben. Wir kümmern uns nicht um sie, und wenn, dann mehr schlecht als recht, damit ein ums andere Mal deutlich wird: *Mama und Papa sind immer für euch da*.

»Und, wie geht es dir?«

»Es geht so. Ich arbeite ganz gut am Roman, und das ist eine wirklich erfreuliche Nachricht. Allerdings auch die einzige.«

»Das wird alles schon wieder, es braucht nur ein bisschen Zeit.«

»Sicher. Und was ist hier so los? Ich habe schon seit einem Monat nichts mehr von Matteo gehört ...«

»Chiara, du weißt doch, wie er ist. Ruf ihn doch einfach mal an. Er ist sehr eingespannt in seiner neuen Stelle. Seit sie ihn nach Berlin versetzt haben, hat er nicht mal mehr Zeit, zu Abend zu essen, irgendwann wird er mir nur noch Haut und Knochen, schlimmer als du ... Hoffen wir das Beste für ihn, er scheint mir so nervös zu sein. Papa sagt, das sei normal, aber ich will nicht, dass er so wird wie er ... Mein Gott, dein Vater ist einundsiebzig und arbeitet immer noch, als wäre er in Matteos Alter. Wenn er wenigstens glücklich dabei wäre! Aber nein, er ist ständig angespannt und hat schlechte Laune ... Wenigstens hat er sich letzten Sonntag nach dem Mittagessen mal auf den Liegestuhl im Garten gelegt und eine ganze Stunde lang geschlafen. Wie ein Baby, du hättest ihn sehen sollen. Andererseits ...«

Ich unterbreche sie. »Und du?«, frage ich. »Wie geht es *dir?*«

Während ich ihr so zuhörte, war mir plötzlich eine Eingebung gekommen. Ich sehe auf die Uhr und frage noch einmal: »Wie geht es dir, Mama?«

Sie steht auf und fängt an, den Tisch abzuräumen. »Das habe ich dir doch gesagt, Chiara. Ich mache mir ein bisschen Sorgen um Matteo und um Papa. Und natürlich um dich. Wann hast du das letzte Mal von deinem Mann gehört?«

Ich fasse sie am Arm und bringe sie dazu, sich wieder hinzusetzen. »Mama, ich mein's ernst. Erzähl mir, wie es dir geht.«

»Ich muss die Teller einweichen, Chiara.«

»Das mach ich gleich, keine Sorge.«

»Das würdest du doch nie tun.«

»Okay, dann machst du es eben selbst, aber später. Jetzt bleib mal bitte hier. Wenigstens für zehn Minuten.«

Sie sieht mich perplex an. Und setzt sich.

»Also?«

»Was also? Fühlst du dich nicht gut?« Sie fixiert mich, als würde sie sich ernsthaft Sorgen um meine geistige Gesundheit machen.

»Wie kommst du denn darauf, Mama? Ich möchte doch nur wissen, wie es dir geht.«

»Gut! Wie soll es mir sonst gehen?«

»Hm.«

»Hm.«

»Und im Krankenhaus? Wie läuft es da?«

Meine Mutter war früher Erzieherin im Kindergarten. Als sie vor zwölf Jahren in Rente ging, fing sie an, ehrenamtlich in einem Krankenhaus in Rom zu arbeiten.

In diesem Moment wird mir voller Scham bewusst, dass

ich sie nicht nur nie frage, wie es ihr geht – so sehr kreist ihr Leben darum, wie es meinem Bruder, meinem Vater und mir geht –, sondern ich sie auch noch nie gefragt habe, was sie eigentlich genau in diesem Krankenhaus macht. Und sie arbeitet schon zwölf Jahre dort. Zwölf ganze Jahre.

»Da läuft es gut.« Sie ist nervös. Sitzen bleiben zu müssen gefällt ihr nicht. Vor allem nicht, wenn noch der Tisch abgeräumt werden muss, die Teller einweichen müssen und die Spülmaschine auszuräumen ist.

»Mama?«

»Ja?«

»Wie ist es eigentlich dazu gekommen, dass du ehrenamtlich im Krankenhaus arbeitest?«

»Chiara, jetzt ist aber mal gut.« Sie versucht wieder aufzustehen. »Was soll das denn? Ist das irgendein schlechter Scherz?«

Erneut halte ich sie am Arm fest und bitte sie, sich zu setzen. »Nein, Mama, das ist kein Scherz. Es ist nur so, dass ich nicht mehr richtig lebe, seit Mein Ehemann mich verlassen hat und ich nicht mehr hier wohne. Das weißt du, oder? Deshalb hat mir meine Therapeutin eine Übung empfohlen: Einen Monat lang soll ich versuchen, zehn Minuten am Tag etwas zu tun, das ich noch nie gemacht habe.«

Meine Mutter entspannt sich langsam. Die Sache mit den zehn Minuten hat sie nicht genau verstanden, doch wenn es darum geht, die Probleme ihrer Kinder zu lösen, ist sie natürlich zu allem bereit. »Und was kann ich dabei für dich tun, mein Schatz?«

»Du könntest mir von dir erzählen, vom Krankenhaus. Du sprichst nie darüber.«

»Weil mich nie jemand danach fragt«, erwidert sie und

senkt den Blick, hebt ihn jedoch gleich wieder. »Ihr habt doch schon genug Probleme, du, Papa und Matteo. Da haben euch meine gerade noch gefehlt …«

»Los, Mama, erzähl.«

Und endlich beginnt meine Mutter zu erzählen. Davon, dass es einen Verein gibt, der diese Ehrenämter verteilt. Er heißt Arvas. Man muss einen Kurs absolvieren, um dort Mitglied zu werden, was sie getan hat. Und jetzt arbeitet sie in der hämatologischen Abteilung des Krankenhauses San Giovanni, zusammen mit anderen Freiwilligen.

Und was tun die Ehrenamtlichen dort genau?

»Wir helfen den Patienten dabei, die Formalitäten bei der Aufnahme schneller hinter sich zu bringen, begrüßen sie in der Tagesklinik und helfen ihnen beim Essen. Aber hauptsächlich geht es darum, ihnen ein wenig Gesellschaft zu leisten.«

»Und wie?«

»Wir unterhalten uns mit ihnen, lesen ihnen Bücher vor und organisieren Flohmärkte in den Krankensälen. Seit einem Monat gibt es auch eine kleine Zeitung. Wir Freiwilligen schreiben dafür Rezepte und Bücherrezensionen und erzählen Anekdoten aus der Abteilung. Und dann verteilen wir sie in den Zimmern.«

Ich sehe sie an. Sie sieht mich an und senkt erneut den Blick. Wird sie etwa rot?

»Weißt du, ab und zu werden Fragebögen an die Patienten verteilt.«

»Wozu?«

»Damit sie den Service bewerten können, den das Krankenhaus bietet. Sie können zwischen ›überflüssig‹, ›hilfreich‹ und ›unentbehrlich‹ wählen.«

»Und?«

»Wir Freiwilligen werden immer als ›unentbehrlich‹ bezeichnet.« Sie schaut auf. Und lächelt stolz.

Aber wann hat sie das alles gemacht? frage ich mich. Wann hat meine Mutter für diesen Freiwilligenkurs gelernt? Mit welchen Problemen lag ich mal wieder im Clinch, dass ich nichts davon mitbekommen habe? Welche Familienmutter habe ich für meine Kolumne interviewt, während meine Mutter einen Flohmarkt im Krankenhaus organisierte? Worüber habe ich mit meinem Verleger diskutiert? Was habe ich gemacht? Bin ich in die Küche gerannt gekommen und habe sie mit Fragen bestürmt, weil ich nicht wusste, wie ich meinen neuen Roman anfangen sollte? Habe ich sie weinend angerufen, weil ich mich mit Meinem Ehemann gestritten hatte, aus einem Grund, den ich am nächsten Tag schon wieder vergessen hatte? Gut möglich. Und sie? An was hat sie gedacht, an ihrem ersten Tag im Krankenhaus? Hatte sie Angst, Fehler zu machen? Und woher hat sie den Mut genommen, im Angesicht des Todes zu arbeiten, an einem Ort, wo dieser nicht nur eine Redewendung ist, eine Hypothese, sondern einem den ganzen Tag zuflüstert: Hey, ich bin hier, und bald komme ich vielleicht auch schon zu dir? Woher nimmt sie diese Lebendigkeit? Und wo steckt sie diesen Tod hin, der sie jeden Tag an seine Existenz erinnert?

Aber was ich mich vor allem frage:

»Passiert es dir nie, dass du einen Patienten lieb gewinnst, der es am Ende nicht schafft?«

»Doch, ständig.« Erneut schaut sie zu Boden, um gleich darauf wieder aufzuschauen. »Vor drei Jahren ist ein junges Mädchen an Leukämie gestorben. Sie war schön, wunderschön. Sie hieß Letizia, war siebzehn Jahre alt und redete viel, genau wie du. Ihr Traum war es, Modedesignerin zu werden. Sie verbrachte den ganzen Tag damit, Kleider zu entwerfen. Sie zeichnete, zeichnete und zeichnete.« Meine Mutter senkt den Blick zu Boden und hält ihn diesmal dort. »Als sie gestorben ist, hat Irene Letizias Entwürfe geschneidert – du weißt schon, die Besitzerin der Boutique, in die ich dich immer schicken will, damit du nicht rumläufst wie eine Vogelscheuche. Letizias Klassenkameradinnen haben sich als Models zur Verfügung gestellt und ... na ja, daraus ist dann eine richtige Modenschau geworden.«

»Wo hat sie stattgefunden?«

»In einer Villa in Rom, die uns Maria Grazia zur Verfügung gestellt hat.«

»Wer ist Maria Grazia?«

»Eine Freundin von mir.«

»Und wann ist das alles passiert?«

»Vor drei Jahren.«

»Und ich? Wo war ich da?«

»Schatz, woher soll ich das denn jetzt noch wissen ...? Weshalb denn? Wärst du gern dabei gewesen?«

»...«

»Du kannst gern mal im Krankenhaus vorbeikommen, wenn du Lust hast. Gerade gestern sprach ich mit Marietta – eine Stewardess aus Cagliari, die ungefähr so alt sein müsste wie du –, während sie auf ihre Chemo gewartet hat. Sie hat zu mir gesagt: ›Laura, wir zwei verstehen uns so gut ... Wenn ich hier entlassen werde, könnten wir doch mal eine nette kleine Reise zusammen machen, oder? Vielleicht sogar mit deiner Tochter. Ich habe alle ihre Romane gelesen und würde sie so gern mal kennenlernen!‹«

Die zehn Minuten sind schon lange vorüber: Meine Mutter erzählt sicher bereits seit einer halben Stunde. Und ich höre zu.

Danach bleiben wir einen Moment in einem Schweigen sitzen, das aufgeladen ist mit all den Fragen, die ich ihr bis zum heutigen Tag hätte stellen können und ihr nie gestellt habe, mit Antworten, die mir noch immer fehlen, mit den Kleidern von Letizia und den Reisen von Marietta.

»Hör mal, Mama, wegen Heiligabend …«

»Schatz, mach dir keine Sorgen. Ich hab's dir schon so oft gesagt: Komm einfach mit Ato und deinem Freund Gianpietro hierher und wir essen zusammen zu Abend wie an einem ganz normalen Tag. Das ist vollkommen in Ordnung. Uns ist doch klar, dass es nicht leicht für dich wird, das erste Weihnachten ohne …«

»Ich würde dich, Papa und Matteo gern am 24. zu mir nach Hause einladen, nach Rom.« Das wird mir selbst erst klar, als ich es ausspreche.

»Zu dir?«

»Ja.«

»Und wer kocht?«

»Gianpietro ist ein hervorragender Koch. Und ich habe gelernt, wie man Tiramisu macht!«

»…«

»Apropos: Lass es uns mal probieren.«

Sie schnellt hoch wie ein losgelassenes Gummiband. Endlich ist sie befreit und darf aufstehen, sich um die Teller kümmern und in der Küche hantieren. Kurze Zeit später kehrt sie mit meinem Tiramisu in den Händen zum Tisch zurück. Auf der Zugfahrt ist es ein wenig eingedrückt worden, doch ansonsten scheint es mir gar nicht so schlecht gelungen zu sein:

Es ist nicht zu süß und nicht zu bitter. Die Pancakes schlägt es jedenfalls um Längen.

»Das hast du gut gemacht!«

»Könnte die Creme nicht ein bisschen leichter sein?«

»Vielleicht. Du könntest mal versuchen, Philadelphia zu nehmen statt Mascarpone … Aber es schmeckt gut, wirklich. Schau, ich nehme mir sogar noch einen Nachschlag.« Sie greift nach dem Löffel.

»Tut mir leid, Mama«, flüstere ich.

Sie hält inne, den Löffel in der Luft, und sieht mich erstaunt an: »Was tut dir leid, mein Schatz?«

»Dass ich dich nie gebeten habe, von dir zu erzählen.«

»Ach Schatz, du bist doch mein Mädchen«, antwortet sie. »Ein bisschen verrückt vielleicht und ein klein wenig egozentrisch. Aber du bist doch mein liebes Mädchen.« Sie breitet die Arme für eine große Umarmung aus. »Komm her.«

Freitag, 14. Dezember
Sonnenaufgang 7:30 – Sonnenuntergang 16:40

Klauen

Ich bin nicht mehr das liebe Mädchen von Mama und Papa, ich bin nicht mehr die ängstliche Achtzehnjährige mit den Zöpfen, ich bin nicht mehr das liebe Mädchen von Mama und Papa, ich bin nicht mehr die ängstliche Achtzehnjährige mit den Zöpfen … Das bete ich mir unablässig vor, während ich einen Joghurt von Müller in meine Tasche gleiten lasse. Mit Ananas-Pfirsich-Geschmack.

Ich laufe durch die Gänge des kleinen Supermarktes bei mir gegenüber.

Hin und her.

Her und hin.

Zehn Minuten lang.

Dann gehe ich hinaus.

Und vollführe einen Hip-Hop-Tanzschritt, um meinen ersten Diebstahl zu feiern.

Samstag, 15. Dezember
Sonnenaufgang 7:31 – Sonnenuntergang 16:40

Die Bremse, die Kupplung und deine Gründe

Gestern Nachmittag ist Ato wiedergekommen.

Ich habe noch einmal Tiramisu gemacht und versucht, statt Mascarpone Philadelphia zu nehmen, wie meine Mutter mir geraten hat. Das Rezept war für sechs Personen gedacht, doch wir aßen alles auf, während wir wie gebannt vor der dritten Staffel von *The Vampire Diaries* saßen.

Um vier Uhr morgens klebten wir immer noch vor dem Fernseher, kratzten mit unseren Löffeln die letzten Reste aus der Schüssel und schoben eine DVD nach der anderen in den Player.

Heute Morgen ist Lehrerkonferenz in der Schule und Ato kann ausschlafen. Ich hingegen wache, wie üblich, viel zu früh und mit dem lähmenden Gefühl auf, unmöglich aufstehen, die Vorhänge aufziehen und mich einem weiteren Tag stellen zu können. Dem x-ten von einer endlosen Folge von Tagen, mit denen ich seit bald einem Jahr Armdrücken spiele.

Als auch Ato schließlich aufwacht, erzähle ich ihm von der Idee, die mir in Vicarello für Heiligabend gekommen ist: »Ich habe schon mit deinem Erzieher gesprochen. Du darfst die ganzen Weihnachtsferien hier verbringen, wenn du magst. Und am 24. laden wir meine Eltern und meinen Bruder zum

Abendessen ein. Tante Piera ist auch dabei, sie kocht für uns. Was sagst du dazu?«

Ato strahlt bis über beide Ohren: Die Idee gefällt ihm, und wie. Es war Gianpietro gewesen, der mich eines Tages, am Ende eines unserer endlosen Palermo-Rom-Ferngespräche, gebeten hatte, ihm Ato vorzustellen. Ich reichte ihm den Hörer und die beiden plauderten über eine Stunde miteinander. Oder, besser gesagt: Gianpietro plauderte und Ato nickte. »Er hat gesagt, dass ich ihn Tante Piera nennen soll«, verkündete er mir, nachdem er aufgelegt hatte. Und das schien er noch nicht einmal besonders seltsam zu finden. Seitdem sind sie dicke Facebook-Freunde: »Tante Piera hat mir heute ein Video von Shakira geschickt«, »Tante Piera hat mir geraten, mir die Zähne mit einer elektrischen Zahnbürste zu putzen und einmal in der Woche einen Weißmacher zu benutzen.« Tante Piera hier, Tante Piera dort. Ato ist verrückt nach Gianpietro. Und natürlich zählt er die Tage, bis er diese neue Tante endlich persönlich kennenlernen darf.

»Wir zwei kümmern uns um den Nachtisch«, fahre ich fort. »Das Tiramisu von gestern war gut, aber vielleicht brauchen wir für Heiligabend doch etwas, das ein bisschen …«

Mein Handy klingelt.

Es ist Mein Ehemann. Wir haben schon lange nichts mehr voneinander gehört. Seit zweieinhalb Tagen, um genau zu sein. Und uns schon sehr viel länger nicht gesehen, nämlich seit dreizehn Tagen. Was eine sehr lange Zeit ist für zwei Menschen, die eigentlich vorgehabt hatten, ihr ganzes Leben miteinander zu verbringen.

»Hallo, du.«

»Hallo, Mister Magoo.«

»Hey.«

»Was machst du?«

»Nichts. Und du?«

»Nichts.«

»Ah.«

»Hm.«

»…«

»Hast du heute Abend zufällig Zeit?«

»Ich gehe heute Nachmittag mit Ato ins Kino, in den *Hobbit*.«

»Dann hole ich dich nach dem Film ab.«

»Einverstanden … Kommst du mit dem Auto?«

»Eigentlich wollte ich die Vespa nehmen.«

»Fahr doch lieber mit dem Auto, ja?«

»Na schön.«

Als wir aus dem Film kommen, steht er vor dem Kino an eine Säule gelehnt und raucht eine Zigarette. Er hat in den letzten Monaten leicht zugenommen und sich den Bart und die Haare ein wenig zu lang wachsen lassen. Doch in meinen Augen sieht er umwerfend aus, wie immer.

Er lächelt mich mit seinen gelben Augen an, in die ich mich vor achtzehn Jahren sofort verliebt habe. Ich gebe ihm einen Kuss auf die Wange.

Ato verabschiedet sich von uns und macht sich auf den Weg nach Hause. Er will sich die letzte Folge von *The Vampire Diaries* noch einmal anschauen, sagt er. Doch in Wahrheit möchte er uns Raum geben. Wofür, weiß er wohl nicht genau. Das wissen noch nicht einmal wir selbst.

Wir gehen zu seinem Auto und ich fange an, wie ein Wasserfall über alles Mögliche zu reden, wie immer, wenn ich nervös bin. Ihm geht es nicht anders.

»Möchtest du etwas essen?«, fragt er, als wir beim Parkplatz angelangt sind.

»Ja, aber vorher hätte ich gern noch eine Fahrstunde.«

»Magoo, was ist das denn jetzt schon wieder für eine Idee?«

»Komm schon, nur eine ganz kurze. Nur zehn Minuten, in denen du mir erklärst, wo die Bremse und wo die Kupplung sind.«

Wir fahren in die Tiefgarage des Kollegen, bei dem Mein Ehemann nach seiner Rückkehr aus Dublin eingezogen ist. Sie ist groß genug und momentan völlig ausgestorben. Wir wechseln die Plätze und er lässt mich ans Steuer.

»Also, das rechte Pedal ist das Gaspedal, das linke die Kupplung und das in der Mitte die Bremse. Den linken Fuß tust du auf die Kupplung und den rechten ... Verdammt, was machst du denn da?«

»Tut mir leid.« Während er geredet hat, habe ich die Kupplung getreten. Oder war es vielleicht die Bremse? Jedenfalls ist der Motor ausgegangen.

»Komm, mach den Motor wieder an. Dreh den Schlüssel im Zündschloss ... ja, genau so. Und gleichzeitig trittst du ... nein! Doch nicht *das* Pedal! Das andere!«

»Ist ja gut, ist ja gut, reg dich nicht auf.«

Von allen Lehrern, die ich in meinen zehn Minuten bisher gehabt habe – von Rodrigo über Flacavi, die kleine Hip-Hop-Ballerina, bis hin zu *Kochbar* und der alten Dame vom *Stickparadies* –, entpuppt er sich als der ungeduldigste. Er schreit herum, schlägt mit der Faust aufs Lenkrad und flucht.

Als der Moment gekommen ist, mir die Gangschaltung zu erklären, hält er sich die Hand vor die Augen, um nicht mit ansehen zu müssen, mit welch roher Gewalt ich dieses Ding bewege.

»Das ist kein Ding, das ist der Schaltknüppel. Und solange du nicht gleichzeitig die Kupplung trittst, wird das nie was.«

»Meinst du?«

»Ja, meine ich.«

Doch schließlich gelingt es mir, zwischen dem ersten und dem zweiten Gang hin und her zu schalten und mit dreißig Stundenkilometern eine kleine Runde durch die Garage zu drehen. Und dann noch eine. Und noch eine. Bis die zehn Minuten voll sind.

»Sehr gut. Und jetzt versuch mal, allein zu bremsen. Langsamer werden und dann … Herrje, Magoo!«

Okay, okay, ich habe schon wieder vergessen, die Kupplung zu treten, und der Motor ist ausgegangen. Und doch bin ich so stolz auf mich wie vielleicht noch nie, seit ich mit dem Zehn-Minuten-Projekt begonnen habe. »Warum fährst du eigentlich nicht Auto? Du könntest doch zumindest mal den Führerschein machen, nur für alle Fälle, meinst du nicht?« Wie oft habe ich das schon gehört. Und ich weiß nicht genau, weshalb ich erst heute Morgen, als Mein Ehemann mich anrief, plötzlich den übermächtigen Wunsch verspürte, es auszuprobieren. Vielleicht weil man in Vicarello alles mit dem Fahrrad erreichen und von dort aus bequem mit dem Zug nach Rom fahren kann. Vielleicht weil man in Rom selbst meist schneller mit der U-Bahn unterwegs ist als mit dem Auto. Oder aber weil Mein Ehemann, als wir uns im Wartezimmer des Schulpsychologen kennenlernten, mir unter anderem erzählte, dass er sich gerade für die Führerscheinprüfung angemeldet hatte. Und wer weiß, vielleicht hatte ich mich, während ich in seinen gelben Augen versank, zugleich in die Vorstellung verliebt, dass von nun an immer er am Steuer sitzen würde. Im Auto. Auf der Vespa. In meinem Leben.

»Und jetzt noch mal im Rückwärtsgang?«, frage ich.

»Nein, es ist noch zu früh, um dir auch schon das Rückwärtsfahren beizubringen. Und außerdem, Magoo, würde ich jetzt gern mal mit dir reden. Machst du immer noch mit diesem Zehn-Minuten-Quatsch weiter?« Seit er aus Dublin zurück ist, wird er immer aggressiver – als hätte er nicht schon genug angerichtet.

Weil er zu arrogant ist, um dich um Verzeihung zu bitten, behauptet Gianpietro.

Weil er zu sensibel ist, um sich selbst zu verzeihen, behaupte ich.

»Ja, ich mache weiter damit. Und mit dieser Fahrstunde habe ich meine zehn Minuten für heute absolviert.«

»Nein.«

»Wie nein?«

»Nein. Ich möchte, dass du sie absolvierst, indem du mir zuhörst. Dir meine Gründe anhörst.«

»Das mache ich seit achtzehn Jahren.«

»Aber in den letzten Monaten unterbrichst du mich ständig. Du hast noch zu viel Groll und Wut in dir.«

»Hört, wer da spricht. Doch du brauchst dir keine Sorgen zu machen: Ich konzentriere mich jetzt vor allem auf meine Aufgaben.«

»Also?«

»Was also?«

»Gilt das Spiel auch noch, wenn du an einem Tag zwei neue Sachen machst? Wenn du mir jetzt zehn Minuten lang zuhörst, ohne mich zu unterbrechen?«

»In Ordnung, schieß los.«

»Aber du lässt mich aussprechen.«

»Ja, ich lasse dich aussprechen.«

Mein Ehemann fängt an zu reden.

In der Tiefgarage des Kollegen, bei dem er sich eingemietet hat, in seinem Auto. Auf dem Platz zusammengekauert, wo sonst immer ich gesessen habe. Während ich am Steuer sitze und ihm zuhöre, ohne ihn zu unterbrechen. Und zwar sehr viel länger als zehn Minuten.

Er sagt, dass er nicht weiß, was ihn damals geritten hat, in Dublin.

Er sagt, so nervös und übellaunig, wie ich gewesen sei, seit wir in die neue Wohnung gezogen waren, habe er beinahe gedacht, mir einen Gefallen zu tun, indem er sich aus dem Staub machte. Dass er es für mich getan habe. (An der Stelle habe ich große, sehr große Mühe, ihn nicht zu unterbrechen.)

Er sagt, dass ich recht gehabt hätte, dass wir nie nach Rom hätten ziehen dürfen.

Er sagt, dass alles so einfach gewesen sei in den ersten Jahren, dass wir so glücklich gewesen seien in Vicarello.

Er sagt, dass ich ihn angehimmelt hätte wie einen Gott und er sich dadurch auch wie einer gefühlt habe.

Dass sich der Ausdruck in meinen Augen verändert hätte, seit ich meine Essprobleme in den Griff bekommen und meinen Abschluss gemacht hätte und danach meine ersten Romane, meine Kolumne und der Erfolg gekommen seien.

Und er sagt, dass er sich in meinen Augen von heute nicht mehr spiegeln könne.

(Und warum kannst du in meinen Augen nicht einfach den Mann sehen, den ich liebe, statt einen Gott?, würde ich ihn gern fragen. Ist es nicht schöner, geliebt zu werden als vergöttert? Ist geliebt zu werden nicht alles? Doch ich unterbreche ihn nicht.)

Er sagt, dass Siobhan ihn immer genau so angesehen habe wie ich am Anfang.

Er sagt, Siobhan ist aber nicht du.

Er sagt, warum hast du nur so erwachsen werden müssen? Warum?

Ich nehme seine Hand.

Er sagt, es hat keinen Sinn, dass du meine Hand hältst, wenn du nicht verstehst, was ich sage.

Ich lasse seine Hand los.

Er sagt, es hat keinen Sinn, dass du meine Hand loslässt, wenn du sie nun schon einmal genommen hast.

Ich nehme seine Hand wieder.

Sogleich entzieht er sie mir.

Er sagt, ich weiß nicht, was ich will, Magoo. Wieder jede Menge Quatsch zu machen, ein wenig hier und ein wenig da zu leben, wo es mich so hintreibt, gibt mir eine ganz neue Energie. Aber du fehlst mir, weißt du? Was mir allerdings nicht fehlt, ist der Sumpf, in den wir uns hineinmanövriert haben. Die ganze schlechte Laune, die angespannten Gesichter, die zugeknallten Türen. Diese ganze … Intimität.

Die ist doch furchtbar, findest du nicht?

Und noch einmal: Findest du nicht?

Er sagt, sicher habe ich meine Probleme mit Intimität, aber haben wir das irgendwo tief in uns drin nicht alle? Ich denke, ja.

Wie wäre es also, wenn wir unsere Probleme lösen würden, indem wir auf Intimität verzichteten? Uns nur treffen würden, um, was weiß ich, ins Kino zu gehen, zu einer Fahrstunde oder für eine schöne Reise?

Er sagt, du kannst doch auch nicht ohne mich sein, oder? Dann nimm mich doch einfach so, wie ich bin.

Er sagt, ich kann jedenfalls nicht ohne dich sein. Nimm mich doch bitte so, wie ich bin.

Glaubst du nicht, dass es besser wäre, einfach so zu leben, wie es gerade kommt, anstatt sich auf Gedeih und Verderb mit Dingen wie ehelichem Sex, Verantwortung und gegenseitigem Respekt herumschlagen zu müssen? Hörst du nicht, wie hart diese Ausdrücke sind? Wie kalt und brutal? Da ist es doch nur allzu verständlich, wenn jemand das alles nicht mehr aushält und nach Dublin verschwindet.

Oder?

Findest du nicht auch?

Magoo?

Jetzt darfst du mich ruhig unterbrechen.

»Los, gib mir einen Kuss«, sage ich.

Er versucht es, schreckt jedoch sofort wieder zurück. Er hat sich in seinem Kopf verschanzt, ist unbeholfen und verängstigt, und er weiß einfach nicht, was er sagt.

Plötzlich wird es kalt im Auto.

Sehr kalt.

Was ist nur geschehen?

Mein Ehemann findet in sich nicht mehr den Weg nach Hause. Er bräuchte jemanden wie den kleinen Däumling, der einen Kieselstein nach dem anderen für ihn fallen lässt, um ihm den Weg zu zeigen. Er bräuchte mich.

Nach dem Schock der Trennung finde jedoch auch ich den rechten Weg in mir nicht mehr. Auch ich bräuchte jemanden wie den kleinen Däumling. Ich bräuchte ihn.

Sonntag, 16. Dezember
3. Advent
Sonnenaufgang 7:31 – Sonnenuntergang 16:40

Flohmarkt

»Schätzchen, das ist eine großartige Idee!«, flötet Gianpietro.

»Wirklich?«

»Ja, natürlich! Ehrlich gesagt, fand ich deine fixe Vorstellung, dass Heiligabend ein Tag wie jeder andere sein soll, schon ein bisschen beängstigend.«

»Du weißt genau, was für ein Problem ich mit diesem Weihnachtsfest habe. Achtzehn Jahre, kannst du dir das vorstellen, Gianpi? Achtzehn Jahre lang sind Mein Ehemann und ich ans andere Ende der Welt gereist, um hier nicht Weihnachten feiern zu müssen.«

»Und mit mir redet mein Vater seit neunzehn Jahren nicht mehr, weshalb ich an Weihnachten immer ganz allein bin, seit meine Mutter nicht mehr da ist. Letztes Jahr habe ich Heiligabend in der Sauna verbracht, stell dir das mal vor. Und von Ato, dem armen Herzchen, und davon, wie sehr er seine Familie da unten in Äthiopien an den Feiertagen wohl vermisst, wollen wir gar nicht reden.«

»In Eritrea.«

»Okay, in Eritrea. Jedenfalls, Schätzchen: Wollen wir uns jetzt gegenseitig unser Leid klagen oder wollen wir einen schönen Heiligabend verbringen?«

»Wir wollen einen schönen Heiligabend verbringen.«

»Genau. Und es war eine sehr gute Idee von dir, deine Eltern und deinen Bruder nach Rom einzuladen. Du wirst sehen, ich bereite ihnen ein Festmahl, das sie so schnell nicht wieder vergessen werden … Gib mir einen Moment zum Nachdenken, dann rufe ich dich noch mal an, um dir zu sagen, wie viel Fisch du bestellen sollst. In Ordnung?«

»Aber Gianpi, es ist doch noch über eine Woche Zeit!«

»Schätzchen, soll das ein Witz sein? Vor Weihnachten ist der Ansturm auf die Fischgeschäfte riesig! Es ist ja schön und gut, dass du mit deiner Ehemännin immer herumvagabundiert bist, aber die Grundregeln für ein gelungenes Weihnachtsfest solltest du doch zumindest kennen … Was wolltest du denn an Heiligabend für deine Eltern kochen? Pancakes? Komm schon, mach kein Theater. Ich überlege mir jetzt, was wir brauchen, und rufe dich dann zurück. Vielleicht könnten wir als ersten Gang eine Paella machen, was meinst du? Das wäre zugleich eine Hommage an unseren Formentera-Urlaub.«

»Ach ja.«

»Jetzt hör mir bitte mit diesem Ton auf. *Frohlocke! Jubiliere! Ein Kind ward uns geboren, in seinem armen Stall!*«

»Was ist das?«

»Das ist aus einem Gedicht, das ich in der dritten Klasse auswendig lernen musste. Wenn du nur wüsstest, wie hübsch ich damals aussah …«

»Ich kann's mir schon vorstellen.«

»Sag mal, was machst du eigentlich heute mit deinen zehn Minuten?«

»Ich gehe auf den Flohmarkt.«

»Auf den Flohmarkt?«

»Ja. Ich erzähle dir dann später, wie's war. Ciao.«

»Ciao, Schätzchen. Aber gib mir doch bitte noch mal Ato. Er soll mir an Heiligabend beim Kochen assistieren.«

Ich rufe ihn: »Ato, komm mal her! Tante Piera ist am Telefon und will mit dir sprechen.«

Ato kommt sofort herbei, wie immer, wenn es um Gianpietro geht.

Ich lasse die beiden miteinander plaudern und gehe nach draußen.

Einer der unzähligen Gründe, weshalb die Leute »Du Glückliche!« rufen, wenn sie erfahren, in welchem Viertel Roms ich wohne, ist der riesige Flohmarkt für Secondhandkleidung, der einmal im Monat nicht weit von unserem Haus entfernt stattfindet. Von *meinem* Haus.

Ich brauche wohl nicht zu erwähnen, dass ich mich stets geweigert habe, ihn zu besuchen: »Das ist was für Hipster«, sagte ich immer, zu mir selbst und zu Meinem Ehemann. »Für Möchtegern-Alternative. Ganz anders als die Sommermärkte in Vicarello, wo man einfach alles findet, aber ganz sicher nicht diese gelangweilt aussehenden Leute mit ihren Einheitsgesichtern, die so unglaublich intelligent und informiert tun, die so fairtrade sind, so empört und voller guter Absichten. Massen-Antikonformismus ist etwas Furchtbares.« So lauteten meine Vorbehalte gegen den Flohmarkt.

Welcher unbeirrt weiter an jeweils einem Sonntag im Monat seine Stände aufstellte.

So auch heute. Weshalb ich beschlossen habe, dort meine heutigen zehn Minuten zu verbringen.

Bestenfalls finde ich vielleicht noch ein paar Weihnachtsgeschenke. Denn wenn jetzt unbedingt Weihnachten sein soll, dann soll es eben sein, denke ich. Ich könnte ein Hemd à la Liberace für Gianpietro kaufen und für meine Mutter einen Morgenmantel im *New-Romantic*-Stil oder wie der heißt.

Ich weiß jedoch noch nicht einmal genau, wo er sein soll, dieser sagenumwobene Markt, und die Leute, die ich nach dem Weg frage, schauen mich so erstaunt an, als wüsste ich nicht, wo sich das Kolosseum befindet.

Ich gelange zur nächstgelegenen U-Bahn-Station. Hier müsste er doch irgendwo sein, oder?

Nein.

»Signorina, der Secondhandflohmarkt ist erst nächsten Sonntag wieder«, informiert mich ein Typ, der aussieht wie einer der Hobbits, die Ato und ich gestern im Kino gesehen haben. Der gleiche Körper eines alten Kindes. Die gleichen weisen Augen. »Heute sind Comics dran. Ich habe Mangas von 1932, werfen Sie doch mal einen Blick drauf. Ich verkaufe sogar ein Original von Taniguchi.«

Gilt das dann trotzdem für meine zehn Minuten?

Aber natürlich.

Ich werfe einen kurzen Blick auf die Mangas des Hobbits, dann beginne ich, an den Ständen vorbeizuschlendern – erleichtert, nicht die Leute vorzufinden, die ich erwartet habe, und überrascht, wem ich hier stattdessen begegne: neugierigen Menschen, begeisterten Menschen, Jungen und Mädchen, Großvätern und Großmüttern. Und alle durchstöbern die Auslagen der Stände auf der Suche nach der einen ganz bestimmten Nummer eines ganz bestimmten Comics, die ihnen noch fehlt. Überglücklich, wenn sie sie finden, und tief enttäuscht, wenn nicht.

»Chiara!«

Ich hebe den Blick von den Comics und treffe auf den von Gioia. Sie ist die beste Freundin einer guten Freundin von mir. Ich kenne sie nur flüchtig, doch sie ist mir immer sympathisch gewesen, sehr sogar: Sie hat ein ansteckendes Lachen und lebhafte Augen und wirkte stets wie eine starke, freie Frau auf mich.

Doch heute sind ihre lebhaften Augen geschwollen und leer.

»Mama, Mama, wo ist das Sammelalbum von *Dora*? Du hast versprochen, dass es das hier gibt!«, ruft ein etwa fünfjähriges blondes Mädchen und zerrt an ihrer Hose.

»Schatz, schau mal, ich glaube, da drüben sehe ich es.« Sie deutet auf einen Stand. Das Mädchen eilt zu ihrem Album, und Gioia kommt zu mir und fasst mich am Handgelenk. »Ich bin am Ende, Chiara«, stammelt sie mir ins Ohr. »Weißt du, ich hatte ihn endlich gefunden. Den Mann fürs Leben – so sagt man doch, oder? Ich hatte ihn sogar schon meiner Tochter vorgestellt … Wir waren seit zehn Monaten zusammen. Zehn Monate! Und weißt du, was gestern passiert ist? Wir haben Sex und es ist wunderschön wie immer, und während wir uns so streicheln, frage ich ihn, was er an Weihnachten vorhat. Was *wir* an Weihnachten vorhaben, meinte ich natürlich. Und was antwortet er? ›Ich feiere mit meiner Verlobten bei ihren Eltern. Sie hat ein paar Monate in London gearbeitet, kommt aber übermorgen zurück. Wir richten gerade das Haus fertig ein, in das wir zusammen ziehen wollen. Das wollte ich dir eigentlich schon seit Längerem mal sagen …‹«

Ihre Tochter ruft nach ihr: »Mama! Ich hab *Dora* gefunden! Kaufen wir auch ein paar Sammelaufkleber?«

»Klar, Schatz«, erwidert Gioia mit gebrochener Stimme. Und an mich gewandt: »Dieses Mal habe ich wirklich dran geglaubt, weißt du? So richtig.« Sie drückt mein Handgelenk noch fester.

Ich streichle ihr die Hand und den Kopf. Ihr kommen die Tränen, doch sie darf nicht weinen: Die Kleine ruft wieder nach ihr und wedelt glücklich mit ihrem *Dora*-Album. Und Gioia ist gezwungen, sie anzulächeln.

Ich würde sie gern in den Arm nehmen, sie in den Schlaf wiegen, mit ihr einschlafen.

Ich würde ihr gern sagen, dass man in solchen Momenten nichts anderes tun kann, als alles fallen zu lassen: Arme, Beine, Herz, einfach alles. Man muss sich auf den Grund sinken lassen.

Ich würde ihr gern versprechen, dass sie es jetzt zwar noch nicht weiß und es sich nicht vorstellen kann, aber dass der Tag kommen wird, an dem sie feststellt, dass sie überlebt hat.

Und ich würde sie gern warnen, dass das nicht unbedingt eine schöne Erkenntnis sein muss. Dass sie immer noch ihre Stunden-Sammelalben und Päckchen mit Klebebildchen à zehn Minuten haben wird, von denen sie nicht weiß, was sie mit ihnen anfangen soll. Doch sie wird feststellen, dass sie zumindest ein Päckchen davon jeden Tag mit irgendetwas Blödsinnigem füllen kann, das sie noch nie gemacht hat.

Das ist nicht viel, aber es ist immerhin etwas: irgendetwas Blödsinniges, das sie noch nie gemacht hat. Und das ihr vielleicht den Weg zu einem Neuanfang weist.

Ihre kleine Tochter hat sich wieder zu uns gesellt. Ich gebe Gioia meine Telefonnummer und speichere ihre ab.

Dann gehe ich nach Hause, mit einem Comic über *Cyrano de Bergerac* und dem Verdacht – oder der Hoffnung –, dass wir in Wirklichkeit alle in einem Comic leben. Und während ich vor meinem inneren Auge zuschaue, wie irgendein Joker mich, Gioia und alle, die geschwollene Augen und ein gebrochenes Herz haben, aus dem Gotham City des drohenden Weihnachtsfestes entführen kommt, erhalte ich eine SMS.

Rückwärtsgang? Um sechs, in der Tiefgarage von gestern?

Montag, 17. Dezember
Sonnenaufgang 7:32 – Sonnenuntergang 16:40

Fliegende Laternen

»Es ist, als würden mir diese zehn Minuten eine bestimmte Richtung aufzeigen.«

»Das müssen Sie mir genauer erklären, Chiara.«

»Ich habe es selbst noch nicht genau verstanden, Dr. T. Aber ich habe irgendwie das Gefühl, als würden die zehn Minuten allem, was nach ihnen passiert, etwas Verheißungsvolles verleihen, mir eine bestimmte Perspektive eröffnen. Aus der dann gar nicht unbedingt etwas werden muss, aber ... Ich glaube, es hat irgendetwas zu tun mit ...«

»Ja?«

»Mit der Phantasie und dem, was wir der Einfachheit halber das Leben nennen.«

»Es scheint wirklich nur ein Moment zu genügen, oder?«

»Wofür, Dr. T.?«

»Damit die emotionalen und mentalen Schemata, durch die sich unser Unbewusstes geschützt fühlt und die wir als die Grenzen unserer Identität empfinden, als Einschränkung erkennbar werden.«

»Darüber muss ich erst nachdenken.«

»Tun Sie das.«

»...«

»...«

»Es stimmt, Dr. T.: Ohne das Zehn-Minuten-Spiel wäre mir jedenfalls nie aufgefallen, dass es bei mir direkt um die Ecke einen Ort namens *Stickparadies* gibt. Und Fachmagazine zum Kreuzstich, Debatten darüber im Internet und unterschiedliche Denkschulen … Wissen Sie, vor ein paar Jahren habe ich mal eine Kurzgeschichte geschrieben, die ich nie veröffentlicht habe. Sie hieß *Egoland*. Darin ging es um eine Stadt, in der jeder in einem roten, blauen oder grünen Haus lebt, jedenfalls in einem einfarbigen. Und jeder ist davon überzeugt, dass die Farbe seines eigenen Hauses die einzige ist, die es geben kann … Seltsam, oder?«

»Wieso?«

»Es war eine Erzählung, in der ich die Gefahr von Konformismus, von Ideologien thematisieren wollte. Und während ich sie schrieb, fühlte ich mich – im Gegensatz zu den Bewohnern von Egoland – frei, offen und unabhängig. Aber jetzt scheint es mir, als würde auch ich dort leben.«

»In Egoland?«

»Ja.«

»Wissen Sie, Chiara, dort leben wir fast alle. Wenn Egoland das Vermächtnis unserer Kindheit ist, die Zwänge, in denen wir feststecken, unsere Bindungen, dann ist es sehr schwer, ihm zu entkommen.«

»Es sei denn, Egoland fliegt einem um die Ohren, wie es mir vor einem Jahr passiert ist.«

»Eine große Chance.«

»Ein noch nie da gewesener Schmerz.«

»Aber denken Sie doch mal darüber nach, Chiara. Wenn Egoland Ihnen nicht um die Ohren geflogen wäre, hätten Sie nie bemerkt, dass die Leute außerhalb von Egoland Geige spielen, dass sie klauen, kochen oder ehrenamtlich im Krankenhaus arbeiten. Außerhalb von Egoland geschieht so viel. Im Grunde genommen geschieht dort alles.«

»Aber es ist nicht gesagt, dass das, was außerhalb von Egoland passiert, auch das Richtige für mich ist.«

»Natürlich nicht.«

»Sticken zum Beispiel fand ich todlangweilig. Und beim Hip-Hop-Tanzen habe ich zwei linke Füße ... Aber dass es andere Menschen gibt, die sticken und tanzen, finde ich ... schön. Ja, das ist wirklich schön.«

»Ich finde es schön, dass Sie die Existenz dieser Menschen auf einmal zur Kenntnis nehmen.«

»Ich hoffe nur, dass ich vor lauter Zurkenntnisnehmen nicht meine eigene Existenz aus dem Blick verliere.«

»Inwiefern?«

»Insofern, als dass ich zum Beispiel gestern Nacht hochgeschreckt bin, mit einer furchtbaren Angst – sie saß genau hier, in meiner Kehle ... Ich habe einfach Angst, dass die Risse in meinem Herzen, wenn ich mich mit dem Zehn-Minuten-Projekt von ihnen ablenke, nie richtig verheilen. Und ich will nicht einer dieser zahllosen Menschen werden, die auf der Welt herumlaufen und andere mit ihren schlecht verarbeiteten Traumata, ihren gefährlichen, unbewussten Verhaltensweisen in Mitleidenschaft ziehen ...«

»Zwangsvorstellungen sind nicht beleidigt, wenn man sie vernachlässigt, Chiara, im Gegenteil. Sie zu vernachlässigen ist die einzige Möglichkeit, sie loszuwerden.«

»Und was ist mit der Notwendigkeit, uns mit unseren dunklen Seiten zu konfrontieren, mit unseren Verletzungen?«

»Mit diesen Verletzungen unterhalten wir uns seit einem Jahr. Vertrauen Sie darauf, was sie Ihnen erzählt haben und was wir über ihre Lügen herausgefunden haben. Aber jetzt sind wir in einer anderen Phase.«

»In welcher?«

»Es wäre keine wichtige Phase, wenn wir sie jetzt schon definieren könnten. Aber *Außerhalb von Egoland* gefällt mir als Arbeitstitel schon ganz gut. Für den Anfang könnten wir sie so nennen ... Und jetzt erzählen Sie mir mal von Ihrem neuen Roman. Kommen Sie voran?«

»Ja.«

»Gut.«

»Ah, und außerdem ... Das hätte ich beinahe vergessen, verrückt ...«

»Was denn?«

»Ich nehme Fahrstunden, bei Meinem Ehemann. Am Samstag habe ich in meinen zehn Minuten versucht, Auto zu fahren. Mit ihm. Und gestern haben wir weitergemacht.«

»Das scheint Ihnen Spaß zu bringen.«

»Vor allem verblüfft es mich. Aber wo wir gerade über die Notwendigkeit gesprochen haben, uns mit Dingen zu konfrontieren ... Das, was Mein Ehemann und ich bisher nicht aussprechen konnten, während wir uns dabei in die Augen sahen, versuchen wir uns jetzt zwischen einer Runde Rückwärtsgang und einem Einparkmanöver zu sagen.«

»Was zum Beispiel?«

»Zum Beispiel behauptet Mein Ehemann, dass ihm Intimität nicht liegt. Vor allem nicht mit der Frau, zu der ich in letzter Zeit geworden bin.«

»...«

»Er glaubt jedoch selbst nicht daran, während er das sagt.«

»Inwiefern?«

»Insofern, als dass nicht er selbst es ist, der da spricht.«

»Und wer soll es stattdessen sein?«

»Die Angst. Die Angst, dass ihm zu wenig Freiraum bleibt, wenn er sich auf das Glück einlässt. In einem intimen Moment sollte es einem doch einfach nur gut gehen, oder? Doch vielleicht ist er dazu nicht in der Lage.«

»Erklären Sie mir das genauer.«

»Er selbst ist es doch gewesen, der mir – mehr oder weniger bewusst – geholfen hat, mein Selbstvertrauen zu finden und meine Unsicherheit zu überwinden, der mich dazu gebracht hat, meinen ersten Roman an einen Verlag zu schicken … Und jetzt will er die Person nicht mehr ertragen können, die ich dank ihm geworden bin? Das ist doch paradox.«

»Ist es Ihnen nicht genauso ergangen?«

»Ich liebe ihn.«

»Aber fragen Sie sich mal ehrlich, ob Sie nicht auch alles dafür getan haben, damit Ihr Ehemann ein Mensch wird, den Sie dann irgendwann angefangen haben abzulehnen. Ein Erwachsener, ein für alle Mal. Ein geliebter Erwachsener, sicher. Ein sehr geliebter. Der Ihnen aber entglitten ist, indem er erwachsen wurde. Der sich Ihren Plänen entzogen hat. Außerhalb von Egoland ist es schwierig, die Menschen wiederzuerkennen, die mit uns zusammen im einfarbigen Haus gelebt haben.«

»Das stimmt. Aber jetzt wünsche ich mir, dass diese zwei Erwachsenen – im Namen ihres ›tiefen Kerns‹, wie Sie es nennen – Freundschaft schließen. Und dass sie zusammen alt werden, ob sie dabei nun weiterwachsen oder nicht.«

»Leider – oder zum Glück – müssen es schon zwei sein, die zu zweit sein wollen, Chiara.«

»Und der tiefe Kern? Wozu ist er dann da? Kann er das nicht alles allein regeln?«

»Leider – oder zum Glück – nein.«

»Leider.«

»Zum Glück.«

»Das war jetzt die letzte Stunde vor den Weihnachtsferien, oder? Die letzte des Jahres.«

»Ja. Ich bin am 2. Januar wieder da. Sehen wir uns am 3.?«

»Perfekt. Ich wünsche Ihnen wunderbare Ferien, Dr. T.«

»Denken Sie sich weiterhin wunderbare zehn Minuten aus, Chiara!«

Auch diesen Montag bleibt Ato noch einmal über Nacht. Er wird erst morgen in das Jugenddorf zurückkehren.

Und er ist es, der mich auf die Idee gebracht hat.

Gestern Abend, nach der zweiten Fahrstunde mit Meinem Ehemann, hatte ich nur noch das Bedürfnis, auf dem Sofa zu liegen, ungesundes Zeug in mich hineinzustopfen und einen Film anzuschauen. Ato ist verrückt nach Kriminalfilmen, Robert Zemeckis, Tim Burton und vor allem nach der gesamten Harry-Potter-Saga. Ich dagegen nach Bergman, Kubrick, Fellini, Tarantino und Liebeskomödien. Auf Zeichentrickfilme können wir uns jedoch immer einigen. Und so sahen wir uns – er zum dritten, ich zum vierten Mal –, bewaffnet mit einer Packung Nachos und einem 500-Gramm-Glas Nutella, *Rapunzel* an, das spektakulärste Disney-Meisterwerk der letzten Jahre. Es ist die Geschichte der Prinzessin Rapunzel mit dem Zauberhaar, die von einer alten Frau in einem Turm gefangen gehalten wird, weil die Alte von der Zauberkraft ihres Haars profitieren möchte. Einmal im Jahr erblickt Rapunzel jedoch des Nachts von ihrem Turm aus fliegende Laternen am Horizont. Und es sind ihre Verblüffung und ihre Neugier auf diese Laternen, die ihr den Weg in die Freiheit weisen.

»Zum achtzehnten Geburtstag von meiner Schwester, in Eritrea, hat mein Papa hundert gekauft davon und dann hat er sie um Mitternacht fliegen lassen«, sagte Ato, als Rapunzel, endlich aus ihrem Turm befreit, dem Schauspiel der fliegenden Laternen von Nahem beiwohnen kann, statt von Weitem davon zu träumen. Und dann: »Probieren wir das auch mal, Chia?«

Ich kaufe sie »Beim Chinesen«, an der Ecke Via del Boschetto und Via Urbana. Ein weiteres Geschäft – in meinem neuen Viertel in dieser ewigen Stadt –, das mir bisher nie aufgefallen war. Doch als ich bei Cristina vom Schönheitssalon klingelte und sie fragte, wo ich fliegende Laternen finden könne, antwortete sie, ohne zu zögern: »›Beim Chinesen‹, an der Ecke Via del Boschetto und Via Urbana. Da kriegst du einfach alles. Du brauchst ein Weihnachtsmann-Kostüm, einen Adapter oder ein Bügeleisen? Wenn's einer hat, dann er.«

Und in der Tat hat der Chinese auch die gesuchten Laternen. Wir kaufen zwei Stück.

Auf der Verpackung steht: *Die fliegenden Laternen sind sehr einfach zu handhaben, sicher und umweltfreundlich. Sie sorgen für ein unvergessliches Erlebnis bei Hochzeiten, Partys, Betriebsfeiern und Volksfesten. Lässt man mehrere gleichzeitig fliegen, erhält man einen noch schöneren Effekt. Während ihres zehnminütigen Flugs können sie eine Höhe von bis zu tausend Metern erreichen.*

In der Packung findet sich die Gebrauchsanleitung.

1. *Nehmen Sie die Laterne vorsichtig aus der Verpackung.*

Wir nehmen sie vorsichtig heraus: Ato seine und ich meine.

2. *Befestigen Sie den Brennkörper an dem dafür vorgesehenen Metallkreuz. Dieses befindet sich am unteren Metallring.*

Ato mag zwar ein genauso lausiger Hip-Hop-Tänzer sein wie ich, doch im Gegensatz zu mir besitzt er eine angeborene Fingerfertigkeit und befestigt mühelos die Brennkörper am unteren Ring der Laternen.

3. *Nun entfalten Sie die Laterne, indem Sie sie am unteren Ring festhalten und leicht bewegen, damit sie sich aufbläst.*

Ich ahme Ato nach, der seine Laterne langsam durch die Luft bewegt. Bis sie sich aufbläst.

4. *Zünden Sie den Brennkörper an.*

Erneut benötige ich Atos Hilfe: Er zündet erst meinen an und dann seinen.

5. *Vergewissern Sie sich, dass der Brennkörper nicht in Kontakt mit dem Papierschirm der Laterne kommt.*

»Hast du dich vergewissert?«

»Ja. Aber pass trotzdem mit auf.«

»Ich passe mit auf.«

6. *Nachdem der Brennkörper angezündet ist, warten Sie 40–60 Sekunden, bis die Laterne vollständig aufgeblasen ist. Stellen Sie die Laterne nicht auf den Boden, damit sie nicht festklebt, falls aus dem Brennkörper heißes Wachs tropft.*

Wir warten, bis die Laternen sich vollständig aufgeblasen haben. Und stellen sie nicht auf den Boden, um zu vermeiden, dass sie festkleben.

7. *Wenn der Papierschirm ein Loch hat oder Feuer fängt, ist die Laterne beschädigt und kann nicht fliegen.*

Darauf wären wir nie gekommen.

8. *Lassen Sie die Laterne erst los, wenn sie vollständig aufgeblasen ist und von selbst abhebt. Beschleunigen Sie auf keinen Fall den Abflug, indem Sie ihr Schwung geben.*

Wir stellen uns ans Küchenfenster. Und lassen die Laternen fliegen. Ohne den Abflug zu beschleunigen.

9. *Genießen Sie nun den magischen Tanz der Laternen am Himmel.*

Atos Laterne fliegt los: Mutig und geschwind macht sie sich auf in die Höhe und die Dunkelheit, hin zu den Sternen.

Meine hingegen will nicht richtig an Höhe gewinnen und steuert direkt auf das gegenüberliegende Haus zu. Ich wusste es. Von wegen magischer Tanz: Meine Laterne wird genau das Gleiche tun wie mein Leben. Gegen eine Wand prallen.

Die Laterne kommt dem Haus immer näher. Noch ein Stückchen. Und noch ein Stückchen.

Und dann?

Dann kommt plötzlich eine Windböe. Möglicherweise ist es aber auch eine kleine Wolke. Oder ein Vogel. Jedenfalls trägt irgendetwas sie in die Höhe. Immer weiter entfernt sie sich vom Haus gegenüber, von unserem Haus und eilt hinauf, der anderen Laterne hinterher.

Ato lächelt mich an. »Wie schön.«

Die Laternen tanzen leuchtend durch die Nacht.

Ich denke an Rapunzels Turm. Drinnen die böse alte Frau, Rapunzels Gewissheiten und Ängste. Und draußen die ganze Welt.

Und ich denke an Egoland. Drinnen meine Gewissheiten und Ängste. Und draußen?

Jetzt gerade und noch zehn Minuten lang: zwei Laternen. Die leuchtend durch die Nacht tanzen.

Und Ato. Der noch einmal flüstert: »Wie schön.«

Dienstag, 18. Dezember
Sonnenaufgang 7:33 – Sonnenuntergang 16:41

Die Buchhandlung

Schreiben ist für mich das einzige wirksame Heilmittel gegen die Schmerzen des Lebens. Das ist schon immer so gewesen, schon als ich noch ein kleines Mädchen war und die Leute mich fragten, was ich mir für die Zukunft wünschte: Romane schreiben und meine große Liebe treffen, so lautete stets meine Antwort.

Und einige Jahre lang schien es so, als wären meine beiden Wünsche in Erfüllung gegangen.

Bis Mein Ehemann mich verließ. Und es sich so anfühlte, als habe er – neben allem anderen, was mich ausmachte – auch das Schreiben mitgenommen. Vor allem nachdem ich meine Kolumne nicht mehr hatte, die mir half, den Tag zu strukturieren und die Monster, die zwischen meinem Kopf und meinem Herzen hin und her liefen, einzufangen und in die Texte zu verbannen. Plötzlich wurden sie von der Leine gelassen und waren wieder überall: in meinen Träumen, meinen Gedanken, meinen Beinen, meinen Armen.

»Ich werde niemals wieder schreiben«, sagte ich auf Formentera jeden Morgen zu Gianpietro. Bis der Tag kam, an dem ich mysteriöserweise das Gefühl hatte, dass es nicht mehr ganz so wehtat wie vorher. Aber vielleicht hatte ich mich auch nur an den Schmerz gewöhnt. Jedenfalls spürte ich, dass ich irgendwie würde weitermachen können. Und vielleicht sogar schon dabei war.

Am darauffolgenden Tag versuchte ich, auf der Veranda des Hauses auf Formentera das Notebook wieder aufzuklappen: Die Idee der zwei Frauen, die sich gegenseitig ihre Einkäufe ausspähen und die eigene Unzufriedenheit jeweils in den Einkaufswagen der anderen legen, hatte schon einen Herzschlag in mir gehabt, bevor alles zusammenbrach. Und nun versuchte ich, wieder hinzuhören. Anfangs pulsierte die Idee nur ganz leise und schüchtern in mir. Trotzdem schrieb ich. Und wenn es nur war, um irgendetwas zu tun. Oder vielleicht doch, um genau *dies* zu tun: das Einzige, das mich in die Lage versetzt, »ich« zu sagen, wenn ich mich auf meine Person beziehe. Das Einzige, das mir mein Ich zurückgeben konnte. So zerrissen und geistesabwesend dieses Ich auch war, es immer noch ist.

Obwohl ich noch immer kein eigenes neues Leben habe, ist da – dank der zehn Minuten mit dem pinken Nagellack und der Inspiration, die mir Cristina vom Schönheitssalon mit dem Bild des Vakuums geschenkt hat – zumindest mein neuer Roman.

Vielleicht ist er ganz großer Mist, doch zumindest kann ich ihn spüren, während ich an ihm schreibe. Und das genügt mir fürs Erste.

Vor ein paar Tagen habe ich die erste Hälfte meiner Lektorin Giulia geschickt, und heute hat sie mich angerufen, um mit mir über den Titel nachzudenken.

»Bist du sicher, dass du ihn *Vierhundert Gramm Liebe, danke!* nennen willst?«

»Ja. Denn darum geht es doch genau, oder? Die zwei Protagonistinnen wünschen sich, jede auf ihre Art, ein bisschen Liebe. Nicht viel, nur ein bisschen, nicht mal ein Pfund. Und sie sind sogar bereit, demjenigen zu danken, der sie ihnen schenkt.«

»Klar, und da steckt ja auch die Supermarktmetapher gleich mit drin. Mir gefällt der Titel, Chiara. Aber ich frage mich, ob er nicht missverständlich sein könnte, ob er nicht zu sehr an eine Liebesschnulze denken lässt …«

»Hm. Meinst du?«

»Blöderweise leben wir in Italien und unser Land ist ziemlich provinziell. Ich bitte dich nur, einmal darüber nachzudenken.«

»Aber spürst du nicht die große Verzweiflung, die in diesem Titel steckt?«

»Ich spüre sie, auch weil ich die erste Hälfte des Romans gelesen habe … Aber bestimmte Kritiker könnten schon im Vorhinein die Nase rümpfen. Damit wir uns recht verstehen: Ich würde mich an deiner Stelle einen Teufel darum scheren, was die denken, aber ich will dich vorwarnen. Außerdem wären da ja auch noch die Leser …«

»Glaubst du, dass sich auch meine Leser von diesem Titel abschrecken lassen würden?«

»Schon möglich.«

»…«

»Chiara?«

»Ja, ich bin noch da, ich habe nur nachgedacht … Und wenn wir das Buch *Im Vakuum* nennen?«

»*Im Vakuum*? Nicht schlecht, aber …«

»Aber als Titel macht er nicht viel her.«

»Genau.«

»Während *Vierhundert Gramm Liebe, danke!* etwas hermacht, doch das Risiko in sich birgt, missverstanden zu werden.«

»Wie alles, was Charakter hat.«

»Stimmt.«

»Lass uns noch mal darüber nachdenken, Chiara. Die Frage ist: Willst du ein Risiko mit einem Titel eingehen, der etwas gewagt ist, aber sicher auffällt, oder hättest du lieber einen, der unauffällig ist, dich aber vor Missverständnissen bewahrt? Darum geht es. Und vergiss nicht, dass die Einzigen, die du nicht enttäuschen darfst, deine Leser sind. Habe sie vor Augen, wenn du über den Titel nachdenkst.«

»Okay.«

»Ciao.«

Ich lege mich auf mein Bett.

Gibt es wirklich so etwas wie »die Leser«? Das frage ich mich oft, und das frage ich mich auch jetzt. Und wenn es sie wirklich gibt, wer sind sie dann? Suchen sie in einem Buch Charakter? Oder fürchten sie ihn eher?

Im Ernst, wer sind wir? Denn ich zähle mich selbst natürlich dazu. Was suche ich in einem Buch? Was kann ich nicht akzeptieren? Wie viel habe ich zu tun mit einem Menschen, der ein genauso großer Anhänger von Philip Roth ist wie ich? Inwiefern bin ich Teil des Heeres »seiner Leser«? Was habe ich in meinem tiefsten Inneren mit ihnen gemeinsam? Und was habe ich *nicht* gemeinsam mit den Anhängern von Isaac Asimov, dem es nie gelungen ist, mein Leserherz zu erobern? Ich muss an den treuesten Asimov-Leser denken, den ich kenne, und an den Leser, der mich mit seiner Liebe zu Philip Roth angesteckt hat. Mit welchem von beiden habe ich mehr Ähnlichkeit? Mit beiden? Und zugleich mit keinem?

Ich stehe auf, ziehe den Mantel über den Schlafanzug – ich habe seit heute Morgen noch keinen guten Grund gefunden, mich richtig anzuziehen – und gehe in die Buchhandlung *Ibs*, die größte in meinem Viertel, am Anfang der Via Nazionale.

Hinter der Kasse steht ein etwa fünfzigjähriger Buchhändler mit hellen Augen und einem Lächeln, das offen und melancholisch ist. Aus dem Namensschild, das er an der Jacke trägt, schließe ich, dass er Giuseppe heißt.

Ich gehe auf ihn zu. »Entschuldigen Sie, Giuseppe.«

»Ja?«

»Würde es Ihnen etwas ausmachen, wenn ich mich neben Sie an die Kasse stelle? Nur für zehn Minuten? Ich bin auch ganz brav und mucksmäuschenstill.«

»Wie bitte?«

Ich erkläre ihm schnell die Sache mit den zehn Minuten und dass ich diese Zeit heute gern an der Kasse einer Buchhandlung verbringen würde. Um herauszufinden, ob »die Leser« existieren. Und wenn sie existieren, zu versuchen, endlich zu verstehen, wer sie sind.

Giuseppe ist zu beschäftigt, um mir allzu viele Fragen zu stellen: Es hat sich in der Zwischenzeit schon eine recht lange Schlange an der Kasse gebildet.

Er bedeutet mir, mich neben ihn zu stellen, und fährt mit seiner Arbeit fort.

Und ich finde heraus, dass die Leute innerhalb von zehn Minuten – genau eine Woche vor Weihnachten, um vier Uhr nachmittags, in einer der größten und zentralsten Buchhandlungen Roms – folgende Bücher kaufen:

Der Körper meines Lebens von Daniel Pennac
Träum was Schönes von Massimo Gramellini
Vom Wunder des Sehens von John Berger
Fifty Shades of Pleasure. Eine Anleitung von Marisa Bennett
Winter der Welt von Ken Follett
Das Tao der Physik von Fritjof Capra
Novecento von Alessandro Baricco
Der kleine Lord von Frances H. Burnett
Cosmopolis von Don DeLillo
Fifty Shades of Pleasure. Eine Anleitung von Marisa Bennett
Das neue einsprachige Wörterbuch von Zingarelli
Open von André Agassi
Inferno. Die Welt des Kriegs 1939–1945 von Max Hastings
Wie der Kater und die Maus trotzdem Freunde wurden von Luis Sepúlveda

Wer sind sie also nun, »die Leser«?

Auf jeden Fall sehr unterschiedliche Menschen. Selbst die beiden einzigen Personen, die innerhalb von zehn Minuten das gleiche Buch gekauft haben, haben auf den ersten Blick wenig, sehr wenig gemeinsam: Die eine ist eine junge Frau von ungefähr zwanzig Jahren, die einen hohen Pferdeschwanz, hautenge Jeans, einen Ohrring in Form eines Totenkopfs und einen weiteren in Form eines Fischskeletts trägt. Die andere ist eine herausgeputzte, in ein strenges Kostüm aus beigem Wollstoff gehüllte Dame um die siebzig.

Ja, wir sind verschieden. Sehr verschieden. Wir lesen aus Langeweile, aus Neugier, um dem Leben zu entfliehen, um uns ihm zu stellen, um etwas zu erfahren, um zu vergessen, um die Monster in Herz und Kopf zu zähmen oder um sie zu befreien.

Wir sind uns überhaupt nicht ähnlich, selbst wenn wir das gleiche Buch in Händen halten, das gleiche Buch lieben oder hassen oder unseren Lieben zu Weihnachten schenken.

Das ist es vielleicht, was meine Lektorin mir vermitteln will, wenn sie mir rät, an meine Leser zu denken. Es ist ihre Art zu sagen: Wähle du den Titel aus, du und niemand anders, wähle du jedes Wort deines neuen Romans, damit er so einzigartig wird wie du.

So einzigartig wie wir alle in dieser Schlange, ob nun vor oder hinter der Kasse. Wir ähneln nur uns selbst, teilen jedoch die Hoffnung, uns einer anderen Geschichte hingeben zu können. Um uns zu verlieren oder um uns wiederzufinden.

Um, auf die eine oder andere Art, die Schmerzen des Lebens zu lindern.

Mittwoch, 19. Dezember
Sonnenaufgang 7:33 – Sonnenuntergang 16:41

Kopfsalat und Chili

»Also, Schätzchen, geh bitte ins Fischgeschäft und bestell Meeresfrüchte für sechs Personen, eine Goldbrasse, so circa eineinhalb Ki–«

Die Stimme Gianpietros schallt scheppernd aus dem Anrufbeantworter. Ich rolle mich über das Bett, strecke den Arm zum Nachttisch aus und nehme den Hörer ab: »Wie viel Uhr ist es?«

»Sieben. Ich dachte, du wärst schon auf.«

»Ich habe noch keinen Kaffee getrunken und du erzählst mir was von Fischen.«

»Schätzchen, sei doch bitte kooperativ. Wollen wir, dass unser Weihnachtsessen perfekt wird oder nicht?«

In Vicarello war es meistens meine Mutter, die sich um unser Abendessen kümmerte. Gegen sieben durchquerte sie den Gemüsegarten, der unsere beiden Häuser trennte, und brachte uns eine Schüssel Frikadellen oder Lasagne, dazu gekochtes oder gegrilltes Gemüse aus dem Garten.

Auch Mein Ehemann, der beim Gemüseanbau kein großes Talent bewies, war immer ein leidlicher Koch gewesen: In den wenigen Monaten, die wir in dieser Wohnung, in diesem Viertel zusammenlebten, war er dafür zuständig, sich einfallen zu lassen, was man kochen konnte, und dafür einkaufen zu gehen.

Und ich mag zwar inzwischen gelernt haben, wie man Pancakes und ein Tiramisu macht, doch ich habe noch immer nicht die leiseste Ahnung, wo es hier in der Gegend ein Fischgeschäft geben könnte.

Wie üblich frage ich Cristina vom Schönheitssalon.

»Es gibt zwei hier in der Ecke«, lautet ihre Antwort. »Aber das beste ist genau am Ende deiner Straße. Wenn du sie einfach durchgehst, läufst du direkt darauf zu.«

Anders als beim *Stickparadies* stelle ich, als ich vor dem Fischgeschäft stehe, fest, dass ich schon unzählige Male daran vorbeigelaufen bin. Ein Teil meines Gehirns wusste also ganz genau, wo es ist. Doch scheinbar leuchten Orte, genau wie Menschen, erst dann auf und offenbaren uns, dass es sie gibt, wenn wir bereit sind, sie zu sehen. Wenn wir sie brauchen.

Das Fischgeschäft ist ganz offensichtlich ein Familienbetrieb: Der etwa dreißigjährige Mann hinter dem Ladentisch hat seinen kräftigen Körperbau von dem Herrn an der Kasse geerbt und seine Gesichtszüge von der Dame, die auf einem Hocker am Eingang sitzt und Rezeptideen verteilt.

»Wenn Sie eine ganz besondere Vorspeise anbieten wollen, können Sie Seebarsch-Carpaccio und Lachs-Carpaccio ineinanderdrehen und zu kleinen Röschen formen«, erklärt sie gerade drei Kundinnen, die ihr verzückt lauschen. »Dann geben Sie zwei Mandarinen dazu, einen gemischten Salat und hundert Gramm rote Weintrauben, und schon haben Sie ein wundervolles Antipasto. Noch besser schmeckt es, wenn Sie darüber ein bisschen Chili streuen. Mit Chili schmeckt alles besser.«

In diesem Moment betritt eine Frau ungefähr in meinem Alter, allerdings mit der Miene einer erfahrenen Fischeinkäuferin, das Geschäft und bittet die Verkäuferin, noch einmal von vorne anzufangen. Sie macht sich Notizen.

Gianpietro hatte recht: Sie alle sind hier, um für ihr Weihnachtsessen einzukaufen.

»Sie haben Glück«, sagt der Mann an der Kasse zu mir, als ich meine Meeresfrüchte und die Goldbrasse anzahle. »Heute Nachmittag schließen wir die Bestellungen für Heiligabend.«

»Heute schon?«

»Ja, meinen Sie etwa, Weihnachten wartet auf Sie?«, mischt sich seine Frau von ihrem Hocker aus ein. »Weihnachten nimmt auf niemanden Rücksicht.«

Ich gehe wieder nach Hause.

Und denke an die Gerichte, die Mein Ehemann improvisierte. An das gegrillte Gemüse meiner Mutter. An all die Dinge, die andere für uns tun. Sollten wir ihnen dafür dankbar sein? Natürlich. Auch wenn sie uns, indem sie uns eine Aufgabe abnehmen, zugleich der Möglichkeit berauben, diese Erfahrung selbst zu machen. Ist das ihre Schuld? Manchmal ja. Und ist es unsere eigene? Das immer.

Ich denke auch an Weihnachten, das »auf niemanden Rücksicht nimmt«. Und während ich so denke und gehe und gehe und denke, taucht auf einmal ein Blumenladen vor mir auf.

Wie beim Fischgeschäft hat ein Teil meines Gehirns immer schon gewusst, dass er da ist, hier, in meiner Straße. Doch wie beim Fischgeschäft kommt es mir auch bei ihm so vor, als sei er über Nacht eröffnet worden. Genau jetzt, da ich ihn brauche.

Ich gehe eilig hinein und verkünde der Besitzerin, einer großen und kräftigen Wikingerin, die eine winzige Brille in Regenbogenfarben auf der Nase hat: »Ich würde gern etwas säen.«

»Was denn?«

»Ich weiß nicht … vielleicht Chili?« Die Idee kommt mir ganz plötzlich, inspiriert von der Dame im Fischgeschäft.

»Chili wird im März gesät«, erklärt die Wikingerin.

»Aha«, entgegne ich und frage mich zugleich, ob das nicht möglicherweise nur ihre persönliche Meinung ist. Da ich es durch meine Arbeit gewohnt bin, mit Worten und ihrer Relativität umzugehen, traue ich Behauptungen nicht über den Weg, die wie unumstößliche Wahrheiten vorgetragen werden. Also sage ich zur Blumenhändlerin: »Das macht nichts. Ich nehme trotzdem die Chili-Samen.«

»Wollen Sie es nicht lieber mit Kopfsalat probieren?«, insistiert sie. »Das wäre ideal zu dieser Jahreszeit.«

Hören Sie, ich habe zehn Minuten, die ich für etwas Neues verwenden muss, und da heute plötzlich dieser Zweifel in mir juckt – wenn die anderen etwas für uns tun, geben sie uns dann etwas oder nehmen sie es uns in Wirklichkeit? –, würde ich gern versuchen, etwas zu säen. Ich, die ich direkt neben einem Gemüsegarten geboren wurde und aufgewachsen bin. Den jedoch immer meine Eltern für mich bestellt haben.

Das ist es, was ich ihr gern antworten würde. Doch alles, was ich herausbringe, ist: »Okay. Dann geben Sie mir eine Tüte mit Chili- und eine mit Salatsamen.«

»Perfekt.«

»Und einen Sack Erde.«

»Töpfe haben Sie?«

»Nein.«

»Dann nehmen Sie diese hier. Halten Sie sie an einem trockenen Ort. Er darf nicht zu warm und nicht zu kalt sein. Und die Erde muss immer feucht sein, das ist ganz wichtig.«

»In Ordnung.«

»Mit dem Chili müssen Sie allerdings bis Ende Februar warten.«

»Mal sehen.«

»Ja, Sie werden schon sehen.«

Es ist sinnlich. Ja. Die Hände in einen Sack voller Erde zu tauchen und zwei Töpfe damit zu füllen ist sinnlich. Viel sinnlicher als YouPorn. Mir laufen unerwartete Schauer über den Rücken. Seit über einem Jahr ist mir kaum mehr bewusst, dass ich einen Körper habe. Und nun stelle ich fest, dass er möglicherweise doch noch da ist.

Ob meine Mutter und mein Vater wohl das Gleiche empfinden, wenn sie im Garten arbeiten? Die gleiche kindliche, wilde Freude, diese Versuchung, auch die Beine, das Gesicht, einfach alles in die frische Erde zu tauchen? Bis man sich selbst vergisst und sich so an ein anderes Selbst erinnert? Ein gefährlicheres, tieferliegendes. Ein albernes, ewiges und zugleich gänzlich neues Selbst.

Es würde so vieles erklären, wenn meine Eltern das Gleiche empfänden. Zum Beispiel, weshalb sie mich nie dazu gedrängt haben, diese Arbeit für sie zu übernehmen.

Ich tauche wieder die Hände in die Erde. Und wieder. Und wieder.

Ich säe den Salat.

Dann tauche ich erneut die Hände in die Erde.

Und säe den Chili.

Ich tauche die Hände in die Erde und bedecke die Samen mit weiterer Erde, wie auf den Tütchen empfohlen. Ich gieße sie, wie die Blumenhändlerin empfohlen hat. Und stelle die zwei Töpfe auf ein Wandregal in der Küche. Auf das die Sonne nicht knallt. Wo es aber auch nie wirklich kalt ist.

»Du schaffst das doch, oder?«, flüstere ich dem Topf mit den Chilisamen zu. »Du schaffst das!«

Dann tauche ich wieder die Hände in die Erde. Und wieder. Und wieder.

Donnerstag, 20. Dezember
Sonnenaufgang 7:34 – Sonnenuntergang 16:42
Der Mond im ersten Viertel 6:20

Windeln wechseln

Errico Buonanno hat viele originelle und wertvolle Dinge geschaffen: Bücher wie *Eine kleine Nachtmusik*, *Es wird schon stimmen* und *Das Nero-Syndrom*. Sowie zwei Söhne.

Der erste, Peppino, ist ein Jahr und einen Monat alt und mein Patenkind. Der zweite, Carletto, wurde vor drei Wochen geboren.

Errico und Claudia sind, genau wie Mein Ehemann und ich, seit ihrem letzten Schuljahr zusammen. Sie haben durchgehalten. Wohingegen wir nur noch Fahrschule spielen.

Ich habe Carletto bisher noch nicht kennengelernt, und hier ist er nun: Unschuldig, verängstigt und wie neugeboren liegt er in den Armen seiner Mutter.

Claudia trägt die Haare ganz kurz, die übliche Jeans-Latzhose, die üblichen abgelaufenen Turnschuhe, ihr Gesicht ist voller Sommersprossen und frei von jeglicher Spur von Make-up: Sie sieht aus wie ein junges Mädchen. Dabei ist sie eine angesehene Augenärztin. Eine, die ständig um die Welt zu internationalen Kongressen jettet. Eine, die sich einen Sommer lang freigenommen hat, um für *Ärzte ohne Grenzen* nach Uganda zu gehen. Eine, die mit zweiunddreißig Jahren, vor drei Wochen, zum zweiten Mal ein Kind geboren hat. Und die nun lächelnd bereit ist, ihre zwei Söhne mir und meinen zehn Minuten zur Verfügung zu stellen.

»Möchtest du Peppino oder Carletto die Windeln wechseln?«, fragt sie mich.

»Macht das einen Unterschied?«

Errico und Claudia tauschen einen verschwörerischen Blick aus. »Einen Riesenunterschied«, antwortet Errico. »Carletto hat noch seine Nabelschnur am Bauchnabel, da muss man besonders aufpassen und ihn gut säubern. Sein Kacka ist grün, flüssig und riecht nach Milchkalbdarm.«

»Das von Peppino ist hingegen wie unseres«, kürzt Claudia die Erklärungen ab. »Aber wenn ich dich anleite, kannst du in zehn Minuten beide wickeln.«

Wir fangen mit Peppino an.

Es mag sein, dass ich voreingenommen bin, da er mein einziges Patenkind ist und ich seinen Eltern sehr zugetan bin, doch ich glaube wirklich, dass er ein außergewöhnliches Kind ist. Er ist von einer schamlosen Sicherheit, geliebt zu werden, zudem neugierig, schlau und ein bisschen verrückt.

Jetzt zum Beispiel mustert er mich, als seien dies *seine* zehn Minuten und als würde er ein Experiment mit *mir* machen. Zum Glück gefallen ihm Experimente, und so liegt er auf der Wickelkommode und strampelt vergnügt mit den Beinen.

»Zieh ihm die Hose aus«, weist mich Claudia an. »Gut. Dann knöpf den Body auf und öffne die Windel.«

In der Tat steht das Kacka eines Einjährigen dem unseren in nichts nach. Im guten wie im schlechten Sinne.

»Jetzt fasse beide Beine mit einer Hand, heb ihn hoch und zieh die schmutzige Windel unter ihm weg.«

Peppino ist ganz auf meiner Seite und tut so, als sei es die natürlichste Sache der Welt, dass ich ihn wickele.

»Und was macht man mit den schmutzigen Windeln?«, will ich wissen. Eine der vielen Fragen, bei denen mir dank der zehn Minuten bewusst wird, dass ich sie mir noch nie gestellt habe.

»In manchen Städten gibt es eine spezielle Mülltonne dafür«, erklärt mir Errico. »Aber bei uns kommen sie in den normalen Hausmüll. Und für den Moment in eine Tüte, die wir auf dem Balkon haben.«

Ich mache weiter. Säubere Peppino mit Feuchttüchern, creme ihn ein, hebe ihn an den Beinen hoch, schiebe die neue Windel unter seinen Popo und klebe sie zu.

Errico hat die Zeit gestoppt, die die Operation in Anspruch genommen hat: sechs Minuten.

Ich gehe zu Carletto über. Die Handgriffe sind die gleichen, doch bei ihm ist zusätzlich noch der Bauchnabel zu säubern. Claudia zeigt mir, wie ich die alte Mullbinde entferne, die neue mit Alkohol betupfe und sie um den Bauchnabel binde.

Ich brauche sieben Minuten.

»Wie war ich?«

»Sehr gut«, versichern mir Errico und Claudia.

Leider können Peppino und Carletto nicht für sich sprechen: Ich habe immer den Eindruck, dass Kinder sich bei mir wohlfühlen. Jedoch nicht, weil sie sich sicher vorkommen, sondern weil sie das rauschhafte Gefühl erleben, für sich selbst sorgen zu müssen. Als seien sie unter Gleichaltrigen.

Claudia geht Tee kochen. Ich lege mich mit Carletto auf dem Bauch aufs Sofa. Errico und Peppino spielen mit einem Schwein und einer Kuh aus Gummi, die ich als Vorab-Weihnachtsgeschenk mitgebracht habe.

»Ich weiß nicht, warum ich euch in all den Jahren nie für meine Kolumne interviewt habe«, sage ich.

»Weil wir total normal sind«, gibt Claudia zurück.

»Ja eben.«

Bei meinen »Sonntagsessen« hatte ich jeglichem Familienmodell einen Platz eingeräumt. Ein Jahr lang erlaubte mir die Redaktion sogar, ins Ausland zu reisen, wo ich bei mormonischen Fundamentalisten, im Harem eines Scheichs und in einem Waisenhaus im tibetischen Yushu zu Mittag aß.

Plötzlich frage ich mich, ob ich – da ich so oft mit den unendlichen Varianten des Zusammenlebens konfrontiert gewesen bin – nicht vielleicht die Prinzipien aus dem Blick verloren habe, die alle Familien gemein haben.

Zum Beispiel gegenseitige Toleranz.

Sich mit dem Kackageruch der anderen abfinden.

Es als selbstverständlich ansehen, dass die anderen unsere große Chance sind (und ebenso eine unendliche Quelle von Ungemach, von Verzweiflung, ein furchtbarer Nervfaktor).

»Ich bin geflüchtet, weil du unerträglich geworden warst, Mister Magoo.«

Das betont Mein Ehemann bei jeder Fahrstunde wieder. So auch gestern, während ich mich bemühte zu schalten, ohne dass die Kupplung knirschte.

»Du warst wirklich unerträglich.«

Als wäre es nicht Carlettos gutes Recht, grünes Kacka zu produzieren, das nach Milchkalbdarm riecht, als wäre es nicht Peppinos Recht, gerade jetzt mit der Kuh und dem Schwein zu spielen, wo Errico gern friedlich auf dem Sofa sitzen und seinen Tee trinken würde, als hätte Errico nicht das Recht, versucht zu sein, die Kuh und das Schwein zu schlachten, als wäre es nicht eines jeden Recht, ab und zu lästig zu sein. Zu stinken. Zu viel zu reden. Schweigsam zu sein. Ein bisschen idiotisch. Gar unerträglich.

»Vielleicht haben Mein Ehemann und ich das nicht mit einkalkuliert«, denke ich laut.

»Was?«, fragt Claudia.

»Dass der andere nicht nur da ist, um es uns recht zu machen.«

»Wärst du denn jetzt bereit, das zu berücksichtigen?«, fragt Errico, während Peppino, der die Kuh und das Schwein schon leid ist, darauf besteht, seine Händchen in die Teekanne zu stecken.

»Wenn er dazu bereit wäre, dann ja. Dann wäre auch ich bereit«, erwidere ich. »Doch ich fürchte, dass er auf dem gleichen Standpunkt steht wie ich.«

»Aber einer von beiden muss doch den ersten Schritt tun«, bemerkt Claudia sanft und orakelhaft.

»Es hat mich zu sehr verletzt, dass er gegangen ist. Ich kann nicht auf ihn zugehen«, gebe ich zu.

»Dann finde heraus, ob er es kann.« Wieder Claudia, wieder ganz sanft. »Oder schaffe zumindest die Voraussetzungen dafür, dass er es versuchen kann.«

»Das würde ich gern. Aber ganz offensichtlich gelingt es mir nicht.«

»Weißt du, Peppino hat in den ersten Monaten, sobald er allein in seinem Bettchen im Schlafzimmer lag und wir im Wohnzimmer saßen, furchtbar angefangen zu weinen. Es hat uns ganz schrecklich wehgetan, in der Seele und in den Ohren, aber wir haben ihn weinen lassen. Es war für ihn die einzige Möglichkeit, das Einschlafen zu lernen, ohne dass wir im Zimmer waren.« Plötzlich verschwindet das Orakel und die Ärztin kommt zum Vorschein. Mit einer Diagnose. Und der richtigen Therapie, der einzig möglichen: »Es ist schwer, es denjenigen, die wir lieben, nicht recht zu machen, Chiara. Doch manchmal müssen wir das. Diese grenzenlose Verfügbarkeit bringt uns nicht weiter und die anderen auch nicht.«

Ich verlasse das Haus von Errico und Claudia und gehe zur U-Bahn. In einer halben Stunde habe ich eine weitere Fahrstunde bei Meinem Ehemann.

Ich müsste die Linie A nehmen, um zur Tiefgarage seines Kollegen zu kommen. Doch ich nehme die Linie B und fahre zurück nach Hause.

Mein Ehemann fängt sofort an, mich mit Anrufen zu bombardieren, bereits fünf Minuten nachdem wir uns hätten treffen sollen: Ich komme nie zu spät, vor allem nicht, wenn es um ihn geht. Und das weiß er ganz genau.

Ich gehe nicht ran.

Als ich nach Hause komme, gieße ich meine Chilis und meinen Kopfsalat.

Ich lackiere mir die Fingernägel mit einem roten Nagellack, den ich heute Nachmittag bei Cristina gekauft habe.

Er gefällt mir nicht, also entferne ich ihn wieder und probiere einen himmelblauen. Dieser gefällt mir gut.

Mein Ehemann ruft mich wieder und wieder an.

Ich stelle das Handy auf lautlos und ziehe den Stecker des Telefons aus der Wand.

Ich mache mir eine Crêpe mit Schinken. Das Vorgehen ist mehr oder weniger das gleiche wie bei den Pancakes.

Ich esse. Und versuche zu schlafen.

Freitag, 21. Dezember
Wintersonnenwende
Sonnenaufgang 7:34 – Sonnenuntergang 16:42

Ich weiß nicht, wer du bist, aber ich liebe dich

Und wenn die Mayas recht behalten würden? Wenn heute, der 21. Dezember 2012, tatsächlich der Tag wäre, an dem die Welt untergeht?

Was wäre die letzte Sache, die ich noch nicht gemacht habe und gern machen würde?

Ich weiß es nicht. Wohl weil ich etwas machen würde, das ich schon getan habe, denke ich, während ich auf dem Laufband im Fitnessstudio jogge. Im Lärm der viel zu vielen Worte, die zwischen mir und Meinem Ehemann gefallen sind, würde ich – vor allem nach meinem gestrigen Besuch im Hause Buonanno – gern an den Punkt zurückkehren, wo es nur drei Worte gab. Drei ganz einfache. Die den Vorrang vor allen anderen hatten.

Da Mein Ehemann sie nicht mehr aussprechen kann, hätte ich jetzt gern, dass jemand anders sie zu mir sagt. Und da ich sie ihm nicht mehr sagen kann, würde ich sie gern jemand anderem sagen.

Also stoppe ich das Laufband und gehe in die Umkleidekabine. Ich hole mein Handy und tippe eine Nachricht ein: *Ich liebe Dich*. Dann kehre ich in den Saal mit den Laufbändern und Trainingsrädern zurück und gehe auf einen Mann zu, der so kräftig in die Pedale tritt, als wolle er tatsächlich dem Weltuntergang davonradeln.

»Entschuldigung ...«

Er hört auf zu treten und dreht sich um: Es ist der Chinese. Der Besitzer des Geschäfts, in dem ich die magischen Laternen gekauft habe. Ich hatte keine Ahnung, dass er auch Mitglied in diesem Fitnessstudio ist. An jenem Tag war er sehr nett gewesen, doch jetzt ist er eindeutig genervt, sein Training unterbrechen zu müssen. Ich lächele. Er nicht.

Ich halte ihm das Handy hin: »Könnten Sie nach dem Zufallsprinzip einen Namen aus meinen Kontakten auswählen und demjenigen die SMS schicken, die ich gerade geschrieben habe?«

Er starrt mich weiter leicht feindselig an und rührt keinen Finger.

»Es ist eine Art russisches Roulette ... Wissen Sie, ich mache ein bestimmtes Experiment, aber das zu erklären würde jetzt etwas zu weit führen. Jedenfalls muss ich jeden Tag zehn Minuten lang etwas Neues machen und heute, wo die Welt untergehen könnte, würde ich gern jemandem sagen, dass ich ihn liebe, so aufs Geratewohl, um zu sehen, wie er darau–«

Der Chinese nimmt mir das Handy aus der Hand, geht kurz durch mein Telefonbuch, wählt einen Namen aus und verschickt die Nachricht. Dann gibt er mir das Handy zurück und fängt wieder an, in die Pedale zu treten. All das, ohne ein Wort zu sagen.

Ich danke ihm und gehe zurück in die Umkleidekabine. Nun muss ich nur noch zehn Minuten lang auf Tuchfühlung mit den Folgen dieses russischen Roulettes in Form einer SMS bleiben.

Wem hat er mein *Ich liebe dich* wohl geschickt? Meinem Verleger? Dem Herausgeber der Zeitschrift, der mir gekündigt hat? Dem Erzieher von Ato? Dieser einen ganz bestimmten Person, die …? Oder vielleicht jener, die …?

Meinem Ehemann?

Ich bin nervös, zittere innerlich.

Sieben Minuten vergehen, dann ertönt es, das erlösende *biep biep*. Die Nachricht hat Mattia bekommen, ein Freund von mir aus Lecce mit einem tiefgründigen und sensiblen Gemüt. Ich habe ihn vor Jahren bei einer meiner Buchpräsentationen kennengelernt. Er kam mit der Bitte um eine Widmung zu mir und wir sprachen über Eltern und Kinder, über alles, was mir am Herzen liegt. Und ihm genauso.

Alles in Ordnung, meine liebe Chiara?

Ich muss weitere drei Minuten warten, bevor ich ihn anrufen und das Ganze erklären kann.

Eins.

Zwei.

Drei.

Dann rufe ich ihn an und kläre ihn auf.

Fest steht jedenfalls, dass – wenn heute die Welt unterginge – ich zu jemandem »Ich liebe dich« gesagt haben werde und im Gegenzug ein »Alles in Ordnung?« zur Antwort bekommen habe.

Als sei es nicht normal, »Ich liebe dich« zu sagen, als sei ich nicht normal, wenn ich das sage.

Als stünde mir das nicht mehr zu.

Und?

Ich fange an zu weinen. Erst ganz leise. Und schließlich lauter. In der Umkleidekabine meines Fitnessstudios.

Und?

Ich tippe eine weitere SMS ein.

Und diesmal schicke ich sie an meine sämtlichen Kontakte. Bis auf den Herausgeber, der mir gekündigt hat, und ein paar wenige andere. Und bis auf Meinen Ehemann.

Am 25. Dezember, gleich nach dem Mittagessen bis wann immer Du magst, erwarte ich Dich bei mir zu Hause. Lass uns zusammen Weihnachten feiern!

Diese Nachricht geht an alle Welt hinaus.

Lass uns zusammen Weihnachten feiern.

Bitte.

Lass mich nicht allein.

Samstag, 22. Dezember
Sonnenaufgang 7:35 – Sonnenuntergang 16:43

Haare schneiden

Heute ist der erste Tag von Atos Weihnachtsferien. In Absprache mit seinen Erziehern im Jugenddorf wird er sie bei mir verbringen.

Das scheint mir der ideale Tag dafür zu sein, dass er endlich etwas mit sich machen lässt, das er schon viel zu lange vor sich herschiebt. Und dafür, dass ich es für ihn mache.

»Bitte nicht zu kurz«, fleht er mich an.

»Du hast schon ein richtiges Gestrüpp auf dem Kopf. Aber keine Angst, du kannst mir vertrauen«, beruhige ich ihn.

Ich bitte ihn, sich hinzusetzen, lege ihm ein Handtuch um die Schultern und schneide ihm eine Locke ab. Ato hat unglaublich viele Haare, und noch dazu sind sie lang und wirr.

Ich hantiere zehn Minuten lang mit der Schere, bis ein Teppich aus schwarzen Locken den Küchenboden bedeckt.

»Fertig«, verkünde ich.

Doch bevor ich mein Kunstwerk selbst richtig bewundern kann, springt er auf und läuft ins Bad, um sich im Spiegel anzuschauen. Woraufhin er trübselig in die Küche zurückkehrt.

»Was ist?«

»Ich sehe genauso bescheuert aus wie Dudley, der Cousin von Harry Potter.« Seine Stimme ist so zittrig, als müsse er sich bemühen, nicht loszuweinen. »Ein schwarzer Dudley. Genau das bin ich. Ich sehe schrecklich aus.«

»Ich kenne diesen Dudley nicht, aber du siehst überhaupt nicht schrecklich aus. Schau dich doch mal richtig an, du siehst toll aus!«

Es stimmt, vielleicht habe ich ein bisschen übertrieben. Vor allem an den Seiten, da habe ich ihn beinahe kahl geschoren. Doch er wirkt älter so. Stolzer. Und noch einzigartiger.

»Hm, kann sein.« Er zieht die Nase hoch. »Aber ich mag Veränderungen nicht. Kannst du das nicht verstehen, Chia?«

Sonntag, 23. Dezember
4. Advent
Sonnenaufgang 7:36 – Sonnenuntergang 16:44

Die Gespräche der anderen

Als ich aufwache, finde ich Rodrigo in der Küche vor, wo er mit Kopfhörern und einem seltsamen Gerät herumhantiert. Er ist heute Nacht angekommen, nach einem Konzert in Viterbo. Ich hatte ihm den Schlüssel unter die Fußmatte gelegt und ihn daher noch nicht gesehen.

»Schon auf den Beinen?«

»Ehrlich gesagt, wollte ich gerade erst schlafen gehen.«

»Aha.«

»Aber ich bin einfach total verrückt nach diesem Mikro.« Er zeigt es mir: Es ist ein Richtmikrophon für Profis, mit dem man jedes Gespräch in einem Umkreis von zweihundert Metern abhören kann.

»Es gehört einem Freund von mir, der Tontechniker ist. Er hat es mir bis heute Abend geliehen. Er braucht es für die Klangkulisse eines experimentellen Videos, aber eigentlich benutzen es Privatdetektive. Verstehst du? Du kannst damit im Restaurant sitzen und dir anhören, was die Leute an den anderen Tischen reden. Selbst wenn sie flüstern.«

»Rodrigo? Du gehst doch jetzt ins Bett, oder?«

»Ja.«

»Darf ich mir das Richtmikro in der Zeit ausleihen? Nur für zehn Minuten?«

Rodrigo legt sich hin und ich gehe auf die Straße, das Mikro in der Tasche und die Kopfhörer in den Ohren.

Ich laufe durch mein Viertel. Mein verhasstes Viertel. Das mir jedoch, gegen meinen Willen, schon ein wenig vertrauter geworden ist.

Das stelle ich erst jetzt fest, da ich am Fischgeschäft vorbeigehe und es wiedererkenne. Und am Blumenladen, in dem die Wikingerin Weihnachtssterne auf dem Ladentisch arrangiert. Ich erkenne sie und ich erkenne den Ladentisch. Ich erkenne das *Stickparadies* und ich erkenne den Chinesen.

»Wir beginnen, das zu begehren, was wir jeden Tag sehen«, zischelt Hannibal Lecter Clarice Sterling in *Das Schweigen der Lämmer* zu. Ist das so? Wenn ich dieses Viertel weiter vor Augen habe, wenn ich weiter mit seinen Blumen- und Fischhändlern, seinen sonntäglichen Flohmärkten in Berührung bin, werde ich dann irgendwann glücklich sein, hier zu wohnen, oder mich zumindest damit abfinden?

Ich führe meinen Spaziergang fort, schalte das Mikro ein und meine Gedanken aus. Der Effekt ist überwältigend: Plötzlich bin ich überall zugleich. Oder besser gesagt, plötzlich dringt mir alles zu Ohren. Das Lied von Patty Pravo, das die Wikingerin pfeift, während sie ihr Geschäft dekoriert. Das Geplauder der Kunden, die im Fischgeschäft Schlange stehen. Die Gespräche der Leute, die in der Bar auf der kleinen Piazza im Herzen des Viertels sitzen und in der auch ich mir jetzt einen Cappuccino bestelle. Ich richte das Mikrophon erst auf einen Tisch aus, dann auf einen anderen. Und höre zu. Mit geschlossenen Augen.

»Wo ist noch mal die Haltestelle, von der der Bus direkt zur neuen Messe fährt?«

»An der Via Nazionale, glaub ich.«

»Nein, nein, an der Via Cavour.«

»Was schenkst du Paolo zu Weihnachten?«

»Einen Pullover. Von Timberland.«

»Ich hab mir gerade gestern Wanderschuhe von Timberland gekauft.«

»Hast du gesehen, was nach Berlusconis Auftritt bei Barbara d'Urso auf Twitter los war?«

»Ich habe auch was getwittert: *Im Mittelalter hatten Sie die Beulenpest, wir haben Barbara d'Urso.*«

»Ich hab einfach nur geschrieben: *Schande.*«

»Glaubst du, es würde heute noch jemand Berlusconi wählen?«

»Ich will doch mal stark hoffen, dass nicht.«

»Was genau ist in diesem frischgepressten Saft?«

»Heute Nachmittag twittert Monti sein Wahlprogramm.«

»Orange, Möhre und Ingwer.«

»Ich hab mir den neuen Handyvertrag von der Telekom geholt. Zehn Euro, vierhundert Freiminuten für Anrufe, tausend SMS, zwei Gigabyte Internet.«

»Hast du den Artikel über Steve Jobs in der *Repubblica* gelesen? Darin sagen die Mitarbeiter von Apple praktisch, Jobs sei ein Faschist gewesen.«

»Die rote Karte für Marquinos war total absurd.«

»Warum hängst du mir immer an der Hacke?!« Wie ein Komet fällt er plötzlich in die sonntäglichen Gespräche der Leute ein, zwei Tage vor Weihnachten: ein Schrei. Mir platzt beinahe das Trommelfell, ich muss den Ton des Mikros leiser drehen. »Was willst du denn noch von Gott, hä? Die Affen auf deinem Baum sind doch immer dieselben, verdammt noch mal! Immer dieselben!«

Es ist die Verrückte. So nennen die Leute im Viertel sie,

ohne ihre Phantasie allzu sehr zu strapazieren. Cristina vom Schönheitssalon hat mir erzählt, dass sie aus einer sehr reichen Adelsfamilie stammt, irgendwann durchgedreht ist und alles hinter sich gelassen hat: das Familienwappen, die Villa in einer der reichsten Gegenden Roms, ihren Mann und ihre Tochter. Und ihren Verstand. Dann fing sie an herumzuvagabundieren.

In der ersten Zeit, in der ich hier wohnte, hatte ich jedes Mal das Gefühl, dass sie mir unabwendbares Unheil vorhersagte. Sie fixierte mich mit dem alles durchdringenden Blick ihrer dunklen Augen, schüttelte ihre weißen Locken, schimpfte auf Gott und rieb sich das würdevolle Gesicht mit dem Ärmel ihres eleganten blauen Kaftans.

»Wenn du nicht Francesco De Gregori bist, dann bist du auch nicht Francesco De Gregori! Und wenn du Francesco De Gregori wärst, dann wärst du nichts als Francesco De Gregori! Basta! Kaputt!«, schreit sie mir weiter ins Ohr, auch wenn sie in Wirklichkeit, auf die Kirchenstufen neben der Bar gekauert, nur wie üblich auf sich selbst einredet. »Armes Nilpferd … Rein oder raus, aber wenn du in der Zootür stehen bleibst, blockierst du mir den Verkehr. Geh weg!«

Und ich weiß, dass ich es mir womöglich zu einfach mache, doch seit ich das Mikrophon eingeschaltet habe, das heißt seit genau sieben Minuten, sind das die ersten Worte, die mir Mut machen. In Bezug auf die ganze Menschheit. Sie erheben sich zum Flug über die Tweets gegen Barbara d'Urso, gegen Berlusconi, über das, was man sich über Steve Jobs erzählt, steigen immer weiter auf, in all ihrer leuchtenden und weisen Absurdität, hoch und immer höher, als seien sie magische Laternen, Falken oder Seifenblasen, während die Wirklichkeit weiterrollt, mit ihren Handyverträgen bei der Telekom, mit ihrer Schlauheit, ihrer Empörung, ihrem Schwachsinn. Und wir mittendrin.

Warum gehst Du nicht mehr ans Telefon?, hat mir Mein Ehemann heute Nacht per SMS geschrieben, nachdem er in den letzten drei Tagen ununterbrochen versucht hat, mich zu erreichen.

Weil wenn Du nicht Francesco De Gregori bist, dann bist Du auch nicht Francesco De Gregori! Und wenn Du Francesco De Gregori wärst, dann wärst Du nichts als Francesco De Gregori! Basta! Kaputt!, antworte ich ihm jetzt.

Was soll das heißen?, schreibt er umgehend zurück.

Das heißt, Du musst Dich entscheiden: rein oder raus. Aber wenn Du in der Tür stehen bleibst, blockierst Du mir den Verkehr.

Montag, 24. Dezember
Heiligabend
Sonnenaufgang 7:36 – Sonnenuntergang 16:44

Wie der Weihnachtsmann

Ato und ich fahren zum Bahnhof, um Rodrigo hinzubringen, der abfährt, und Gianpietro abzuholen, der ankommt.

Weil.
Heute.
Weihnachten.
Ist.

Auch wenn ich an achtzehn meiner fünfunddreißig 24. Dezember mit Meinem Ehemann irgendwo in der Welt unterwegs war und ich diesmal nicht von einem fremden Land umgeben bin, diesmal nicht Mein Ehemann bei mir ist.

Auch wenn an vierunddreißig meiner fünfunddreißig 24. Dezember in meinem Pass, mit dem ich irgendwo in der Welt unterwegs war, Vicarello als mein Wohnsitz angegeben war.

Auch wenn ich an acht meiner fünfunddreißig 24. Dezember irgendwo in der Welt nach einer Inspiration für meine Kolumne suchte.

Es hilft nichts: Heute ist der 24. Dezember. Und vor allem:

Ist.
Heute.
Weihnachten.

Endlich kommt er uns auf dem Bahnsteig entgegen, mit wackelnden Hüften, ausgebreiteten Armen und einem lila-gelben Samtschal um den Hals.

»Du siehst umwerfend aus«, sagt er zu mir.

»Nein, *du* siehst umwerfend aus«, erwidere ich.

Seit ich Ato kenne, habe ich ihn noch nie so fröhlich erlebt. Er lacht, als er Tante Piera endlich ins Gesicht blicken kann, er lacht, während er spricht, und er lacht, während er ihr zuhört.

Gianpietro ist ein Manisch-Depressiver, wie er im Buche steht: Seine Stimmung kann aus den höchsten Höhen des ansteckendsten Enthusiasmus in die tiefsten Abgründe der Melancholie fallen. In der ersten Zeit unseres Zusammenwohnens konnte ich ihn ebenso gut dabei antreffen, wie er ein Fernsehballett mittanzte oder vollkommen antriebslos auf dem Sofa lag und Löcher in die Decke starrte. Man kann sagen, ehe er sich langweilte, ließ er sich lieber in irgendein schwarzes Loch fallen und tat sich selber weh.

Ich bin da nicht viel anders, und so war unser Zusammenleben aufregend, aber zugleich auch sehr anstrengend. Wenn zufälligerweise eine seiner Hochphasen mit einer meiner Hochphasen zusammentraf, wurde ein Fest gefeiert. Wenn jedoch unsere Tiefphasen zusammentrafen, konnte es passieren, dass wir uns tagelang nicht wuschen und gemeinsam die Decke anstarrten, in einem Wettbewerb darin, wer dort oben die meisten Anzeichen für die völlige Nutzlosigkeit seiner Anwesenheit auf dieser Welt entdeckte.

Es ist somit kein Zufall, dass unsere Freundschaft sich eher vertieft hat, seit Gianpietro der Arbeit wegen nach Palermo gezogen ist: Mit diesem Sicherheitsabstand gelingt es uns, dem anderen das Beste von uns zu geben, selbst wenn jeder von uns gerade mit dem Schlimmsten in sich zu kämpfen hat. Zum Glück habe ich ihn jedoch in den letzten Wochen immer nur äußerst lebhaft, anteilnehmend und einfach nur fabelhaft erlebt. Und dem Zug ist heute die strahlendste Version seiner selbst entstiegen.

»Und deine Ehemännin?«, fragt er mich, während wir uns auf den Weg nach Hause machen.

»Ich gehe seit vier Tagen nicht mehr ran, wenn er anruft.«

»Und warum?«

»Weil er sich entscheiden muss. Rein oder raus. Wenn er in der Tür stehen bleibt, blockiert er mir den Verkehr.«

»Schön gesagt.«

»Das stammt nicht von mir, sondern von der Verrückten des Viertels.«

»Das ist ja heiter!«

»Weißt du was, Gianpi? Er fehlt mir die ganze Zeit. Aber mit seinen Zweifeln und Ängsten umgehen zu müssen, nach allem was passiert ist, bewirkt nur, dass ich ihn noch mehr vermisse. Dass ich *uns* vermisse«, stelle ich selbst erst in dem Moment fest, in dem ich es sage.

»Das glaub ich dir, Schätzchen. Ich habe vor vielen Jahren auch irgendwann aufgegeben und meinen Vater nicht mehr angerufen, mehr oder weniger aus demselben Grund«, sagt Gianpietro. Und diesmal sind keine Pailletten in seiner Stimme zu hören.

Doch das hält nicht lange an: »Kommt, wir gehen jetzt in das Fischgeschäft und holen unsere Meeresfrüchte und die

Goldbrasse ab. Und dann besorgen wir uns drei Weihnachtsfrau-Kostüme!«

»Weihnachtsmann-Kostüme?«

»Ja. Eins für mich, eins für dich und eins für meinen kleinen Neffen. Was hattest du denn heute sonst mit deinen zehn Minuten vor?«

»Meine Familie an Heiligabend zum Essen einzuladen schien mir schon genug der Neuerungen zu sein.«

»Nichts da, in deinen zehn Minuten laufen wir als Weihnachtsfrauen verkleidet durch dein Viertel. Komm schon! Danach werden wir wieder zu seriösen Leuten und kümmern uns ums Abendessen. In Ordnung?«

»Du brauchst ein Weihnachtsmann-Kostüm, einen Adapter oder ein Bügeleisen? Wenn's einer hat, dann er«, hatte Cristina gesagt. Also gehe ich wieder zum Chinesen, während Gianpietro den Fisch abholt.

»Haben Sie drei Weihnachtsmann-Kostüme?«, frage ich ihn in der Hoffnung, dass er in mir nicht die lästige Fitnessstudio-Kollegin von vor drei Tagen wiedererkennt.

»Willst du, dass ich neues Nachricht mit dein Handy schicke?«, fragt er mich jedoch sogleich.

»Nein, danke.« Ich senke beschämt den Blick. »Im Gegenteil, es tut mir leid wegen neulich. Es war ein Experiment. Ich wollte Sie nicht stör–«

»Gar nicht Störung«, unterbricht er mich. »Ich nur war sehr, sehr nervös an dem Tag. Meine Frau Bein gebrochen und große Durcheinander zu Hause und in Geschäft, ohne sie, die hilft. Und dann noch mein Sohn nach Cagliari, zu seine Verlobten, zu Weihnachten. Meine Frau sehr traurig. Traurig und Bein gebrochen, meine Frau.«

»Das tut mir leid«, sage ich und habe im selben Moment eine Idee. »Aber morgen ist Ihr Geschäft geschlossen, oder?«

»Ja, morgen der einzige Tag, wo Geschäft schließt.«

»Warum kommen Sie dann nicht zu mir, Sie und Ihre Frau? Ich habe ein paar Freunde eingeladen. Gleich nach dem Mittagessen können Sie dazukommen, wann immer Sie wollen.«

»Oh, vielen Dank. Aber ich will nicht eindringen.«

»Gar kein Eindringen, wirklich nicht. Für mich wird das morgen auch kein leichter Tag, und je mehr wir sind, desto besser.«

»Warum nicht leicht? Dein Sohn nicht verbringen Weihnachten mit dir und deine Familie? Du traurig? Du gebrochene Bein?«

»Ja, in gewisser Weise. Ich traurig. Ich gebrochenes Bein.«

Wir ziehen uns die roten Hosen und den roten Rock über die Kleider und setzen uns die Zipfelmütze mit dem weißen Bommel auf.

Atos scheue Natur macht sich bemerkbar: »Den Bart will ich nicht anziehen. Was, wenn ich auf dem Weg einen Klassenkameraden treffe? Dann schäme ich mich.«

»Sei kein Esel und kleb dir den Bart an, los«, überredet ihn Tante Piera. »Es sind nur zehn Minuten. Verkleide dich einfach gut, dann erkennt dich keiner. Auch ich habe einen Ruf zu verlieren, was glaubst du denn?«

Und so gehen wir hinaus und laufen durch das Viertel. Als Weihnachtsmann verkleidet. Multipliziert mit drei. Allerdings ohne den dicken Bauch, ohne die fröhliche Geschäftigkeit und ein Herz, das vor Freude platzt und sie in die ganze Welt hinausposaunen will. Nein, dieser dreifaltige Weihnachtsmann hat ein Herz voller Löcher, Risse und blauer Flecken und außerdem das Bedürfnis, die nächsten Minuten im Nu vergehen zu lassen. Ato wendet den Blick kaum vom Zifferblatt der Uhr, er kann es nicht abwarten, dass der Zeiger zehn Minuten weiterrückt.

Gianpietro und ich hingegen finden einen gewissen Gefallen an der Sache: Ich glaube, gar nicht so sehr daran, der Weihnachtsmann zu sein, sondern vielmehr daran, für einen Moment nicht wir selbst zu sein.

Ich stelle sogleich fest, dass man zwar an einem ganz normalen Vormittag rückwärts durch Rom gehen kann, ohne große Beachtung zu finden, als Weihnachtsmann an Heiligabend jedoch nicht unbemerkt bleibt.

»Mama, guck mal! Da ist der Weihnachtsmann!«

»Da! Drei Weihnachtsmänner!«

Die Kinder auf der Straße zeigen mit dem Finger auf uns. Eines rammt die Füße in den Boden und zerrt am Rock seiner Mutter: »Ich will ein Foto, ich will ein Foto!«

Selbstverständlich stellen Gianpietro und ich uns ihm für ein Bild zur Verfügung. Ato zieht es vor, das Foto zu schießen. Dann führen wir unser Spiel fort. Gianpietro zündet sich eine Zigarette an. Und ich bekomme einen Anruf und hänge mit dem Ohr am Handy.

»Solche Sachen macht der Weihnachtsmann aber nicht«, weist uns Ato zurecht.

Da hat er natürlich recht. Gianpietro drückt die Zigarette aus. Und ich beende das Gespräch.

Wir gelangen zur kleinen Piazza im Herzen des Viertels, setzen uns auf die Kirchenstufen und Gianpietro fängt an zu singen – zunächst ganz leise, dann jedoch immer schallender: »*Jingle Bells, Jingle Bells …*«

»Oh nein, hör auf. Das ist jetzt echt zu viel«, fleht Ato und verbirgt sein Gesicht zwischen den Knien.

Doch Gianpietro singt beharrlich weiter. Je mehr Ato sich schämt, desto schriller trällert er: »*Jingle all the way* …«

Bis Ato schließlich das Gesicht von den Knien hebt und anfängt mitzusingen. Und auch ich stimme mit ein.

»… *oh what fun it is to ride in a one horse open sleigh* …«

Eine Frau wirft uns einen Euro hin. Ein Kind gibt uns zwei. In zehn Minuten bringen wir es auf dreizehn Euro.

Wenn du an Heiligabend, als Weihnachtsmann verkleidet, durch das Zentrum Roms spazierst, vertrau lieber nicht darauf, dass niemand dich beachtet. Vertrau jedoch auf eine gewisse Dankbarkeit. Denn alle haben, auf ihre Weise, das Bedürfnis, sich mit dem bevorstehenden Weihnachtsfest auszusöhnen.

»Das schmeckt alles einfach wunderbar.«

»Köstlich.«

So lauten die Kommentare meiner Eltern.

In der Tat hat sich Gianpietro heute Abend selbst übertroffen. Die Paella war perfekt, die Goldbrasse optimal gegart, ebenso wie die Röstkartoffeln und die Anchovis-Balsamico-Sauce, die er improvisiert hat.

Lange bevor meine Eltern kamen, fing ich an, Prosecco zu trinken. Normalerweise genügt mir ein halbes Glas, um abzuheben, doch als wir mit dem Essen anfingen, hatte ich schon eine ganze Flasche allein geleert.

So begreife ich nun nicht ganz, wer diese Person ist, die beim Tiramisu das zigste Glas erhebt und schrill und unartikuliert ruft: »Frohe Weihnachten!«

Doch es könnte sich durchaus um mich handeln.

Als hätten sie auf nichts anderes als mein Einverständnis gewartet, stimmen jetzt alle fröhlich mit ein: »Frohe Weihnachten«, sagt mein Vater.

»Frohe Weihnachten«, ruft meine Mutter.

»Frohe Weihnachten«, sagt mein Bruder.

»Frohe Weihnachten«, trällert Gianpietro.

»Frohe Weihnachten«, sagt Ato.

»Frohe Weihnachten«, wiederhole ich. »Frohe Weihnachten für alle!«

Dienstag, 25. Dezember
1. Weihnachtstag
Sonnenaufgang 7:36 – Sonnenuntergang 16:44

Weihnachten mit 89 Freunden

Ato, Gianpietro und ich haben die Reste von gestern zu Mittag gegessen.

Ab zwei Uhr nachmittags trudelten dann die ersten Gäste ein, um vier Uhr nachts klingelte es immer noch an der Tür. Diese Weihnachtsparty hat ganze sechzehn Stunden gedauert.

Doch gegen acht Uhr abends saß ich zehn Minuten lang, in einem Sessel versunken, einfach nur da und beobachtete alle.

Diejenigen, die vor drei Tagen meine Nachricht bekommen haben: *Am 25. Dezember, gleich nach dem Mittagessen bis wann immer Du magst, erwarte ich Dich bei mir zu Hause. Lass uns zusammen Weihnachten feiern!* Und die heute hier sind. Die tatsächlich gekommen sind. Obwohl sie mit dem Zug aus Mailand anreisen mussten, so wie Rodrigo. Oder mit dem Flugzeug aus Brüssel, so wie Carlos, mein Exmitbewohner. Oder aus Turin, so wie Alessandra, meine andere Exmitbewohnerin, die Amazone. Sie haben es wirklich geschafft. Schulkameraden aus der Mittel- und der Oberstufe, Protagonisten meiner Kolumne, Lektoren, Menschen, die ich zufällig kennengelernt habe, Menschen, die ich mein Leben lang kennen werde. Sogar der Chinese und seine Frau sind gekommen. Und sie alle haben Panettone, Plätzchen und Kuchen mitgebracht, Wein, Salami und Geschenke für Ato. Ich sehe ihnen dabei zu, wie sie essen, trinken, plaudern, diskutieren und sich einen Stuhl teilen – denn irgendwann wurde es in der Wohnung eng; ich sehe ihnen zu, wie sie Fernsehen gucken, träge auf dem Boden liegen, weil sie es beim Weihnachtsessen übertrieben haben, auf der Sofalehne einschlafen oder sich eine Zigarette anzünden.

Keiner von ihnen ist Mein Ehemann.

Doch dafür sind sie alle hier. Um Weihnachten zu feiern. Mit mir.

Es sind 89 Menschen gekommen.

Das sind viele.

Sehr viele sind das.

Und zum ersten Mal, seit mein Leben scheinbar so leer geworden ist, wird mir klar, wie voll es in Wirklichkeit ist.

Mittwoch, 26. Dezember
Sonnenaufgang 7:37 – Sonnenuntergang 16:45

Telefonseelsorge

Während das Haus vor lauter Gästen und lauter Weihnachten aus allen Nähten platzte, schloss ich mich, gegen zwei Uhr nachts, mit Annalisa im Bad ein.

Um über Meinen Ehemann zu sprechen.

Dann verzog ich mich mit Giada in Atos Zimmer.

Um über Meinen Ehemann zu sprechen.

Dann kam Annalisa dazu und etwas später Nolan.

Um über Meinen Ehemann zu sprechen.

Und nachdem alle gegangen waren, was habe ich da mit Gianpietro gemacht, statt die Party zu kommentieren?

Ich habe über Meinen Ehemann gesprochen.

Seit einem Jahr mache ich kaum etwas anderes.

Denn die Liebe ist wirklich pervers. Wenn du eine Beziehung hast, sprichst du mit dieser einen Person über alle anderen. Doch wenn die Beziehung zerbricht, sprichst du mit allen anderen über diese eine Person. Die einzige, mit der es dir nicht mehr gelingt zu reden. Und so wird sie von Tag zu Tag immer weniger eine reale Person: Indem man nur über sie redet, statt sie zu erleben, wird sie zu einem Hologramm. Zu etwas Verschwommenem, Trügerischem und Oberflächlichem.

Annalisa und Giada sind wohl meine engsten Freundinnen,

sinniere ich, während ich die Küche aufräume und putze, die durch die gestrige Invasion ganz schön in Mitleidenschaft gezogen wurde.

Annalisa, die größte und schmalste Frau, die ich kenne, schreibt für die Zeitschrift, in der ich meine Kolumne hatte. Es ist, als hätten wir acht Jahre in der Schule nebeneinandergesessen und würden uns im Geiste, wenn keiner hinsieht, immer noch gegenseitig Spickzettel für die Prüfungen zuschieben, mit denen uns diese miese Lehrerin namens Realität ständig piesackt. Auf meinen Spickzetteln geht es seit einem Jahr selbstverständlich fast nur noch um meine Ehe.

Nolan hingegen war unser Trauzeuge.

Auch für sie, meine Freunde, ist Mein Ehemann momentan nichts als ein Hologramm.

Wer weiß, vielleicht würde es mir guttun, jemandem alles noch einmal ganz von vorne zu erzählen, jemandem, der mich nicht kennt.

Und der Meinen Ehemann nicht kennt.

Zu erfahren, was jemand sieht, der unsere Geschichte von außen betrachtet.

Eigentlich könnte ich doch heute meine zehn Minuten dafür verwenden.

Aber natürlich!

Ich lasse den Putzlappen fallen, klappe das Notebook auf und tippe bei Google ein: *Telefonseelsorge*.

Gibt es so etwas noch? Trotz Internet-Chats, trotz Facebook, trotz der vielen Singlebörsen, trotz der unendlichen Möglichkeiten, der Welt mit nur einem Mausklick mitzuteilen: »Hallo, ich habe ein Problem!«? Kann so etwas das Internetzeitalter überdauert haben?

Ja, anscheinend.

Ich wähle die Nummer.

Es ertönt eine Klaviermelodie, die wohl beruhigend klingen soll, auf mich jedoch gegenteilig wirkt.

»Telefonseelsorge, guten Tag?«

»Hallo, hier ist Chiara.«

»Hallo, Chiara … Die Telefonseelsorge ist ganz Ohr. Mein Name ist Barbara. Wie kann ich dir helfen?«

»Mein Ehemann und ich kennen uns, seit wir achtzehn waren, und heute sind wir sechsunddreißig.«

»Aha.«

»Wir haben uns sehr geliebt, vielleicht sogar zu sehr. Und wir lieben uns noch immer.«

»Das ist ein großes Glück.«

»Ich weiß nicht, ob das ein Glück ist. Im Moment weiß ich einfach gar nichts mehr.«

»Weshalb? Magst du mir erzählen, was passiert ist?«

»Sicher: Mein Ehemann hat mich vor knapp einem Jahr aus Dublin angerufen und mir gesagt, dass er mich verlässt.«

»Das muss schlimm gewesen sein.«

»Mindestens sechs Monate lang habe ich überhaupt nichts verstanden. Ich wusste nicht mehr, wo mir der Kopf steht. Und ich habe neun Kilo abgenommen … Aber in gewisser Hinsicht ist die Phase, die ich jetzt durchmache, noch schwieriger.«

»Weshalb?«

»Weil ich jetzt merke, was passiert. Und das, was passiert, entspricht mir nicht.«

»Kannst du mir das erklären?«

»Mein Ehemann ist zurückgekommen.«

»Und das wolltest du nicht?«

»Nein. Das heißt, doch. In all den Monaten, in denen

er verschwunden war, habe ich mir nichts sehnlicher gewünscht. Aber er ist nicht zurückgekommen, um mit mir zusammen zu sein.«

»Weshalb denn dann?«

»Na ja, natürlich schon, um mit mir zusammen zu sein. Nur weiß er das nicht.«

»Wie kann das sein?«

»Er ist eben verwirrt.«

»Bist du denn sicher, dass du ihn noch willst, nach all dem, was er dir angetan hat?«

»Gute Frage. Vielleicht suche ich für uns in Wirklichkeit nur nach einem besseren Weg, uns voneinander zu trennen? Und er ebenso? Es ist aber leider nicht möglich, sich auf eine gute Weise zu trennen. Jedenfalls nicht für uns beide.«

»Sicher, nach all den Jahren … Das kann ich gut verstehen, Chiara.«

»Nein, es geht eigentlich nicht um die Zeit, die wir miteinander verbracht haben. Selbst wenn ich ihn erst gestern getroffen hätte, würde ich Meinen Ehemann weiter brauchen. Denn das habe ich vom ersten Moment an so empfunden: Ich brauche ihn. Unsere tiefen Kerne sind in Wirklichkeit ein einziger, verstehst du? Mein Ehemann hat mich an der einen bestimmten Stelle berührt, an der man sich, wenn man dort berührt wird, wenigstens ein kleines bisschen außergewöhnlich fühlt. Manchmal sogar regelrecht phantastisch. Zu Hause. Genau, das ist es: Wenn wir an dieser einen Stelle berührt werden, fühlen wir uns, als wären wir zu Hause angekommen. Versteht du?«

»Ich verstehe.«

»Und wenn uns ein menschliches Wesen dort berührt hat, ist es sehr hart, auf einmal ohne diese Berührung auszukommen. Man hat Angst, sich selbst vollkommen zu verlieren, wenn man diesen Menschen verliert.«

»Aber so ist es doch nicht. Du bist du, mit oder ohne Ehemann.«

»Hm.«

»Hast du Arbeit?«

»Ja, ich bin Schriftstellerin. Bis vor einem halben Jahr hatte ich auch eine Kolumne in einer Zeitschrift. Dann wurde mir gekündigt und meine Seite musste dem Liebeskummerkasten einer gewissen Tania Melodia weichen.«

»Der moralischen Siegerin von *Big Brother*?«

»Genau der.«

»Eine patente Frau. Sie hatte drei Affären, während sie im Haus war.«

»Zwei davon gleichzeitig, ich weiß.«

»Etwas, das eigentlich nur Männer machen. Sie hat uns alle gerächt.«

»Ja.«

»...«

»...«

»Geht's dir ein bisschen besser, Chiara?«

»Ja, sicher. Danke, Barbara.«

»Das freut mich. Ruf an, wann immer du willst. Die Telefonseelsorge ist rund um die Uhr erreichbar.«

»Danke.«

»Und alles Gute für das neue Jahr.«

»Dir auch.«

»Und vergiss nicht: Du bist du, mit oder ohne Ehemann.«

Ich lege auf.

Das Gespräch hat zwölf Minuten gedauert.

Wie seltsam. Ich hätte gedacht, dass sich die Worte einer

Fremden, die sich zu der Geschichte mit Meinem Ehemann äußert, neu anhören würden. Stattdessen waren es die Worte, mit denen ich selbst der Fremden von uns erzählt habe, die sich neu anhörten.

»Uns«, wer war das?

Zwei, die sich sehr geliebt haben, vielleicht sogar zu sehr.

Die sich noch immer lieben.

Und die möglicherweise wieder zusammenkommen könnten. Vielleicht aber auch nur nach einer Möglichkeit suchen, sich auf bessere Weise zu trennen.

Was nicht möglich ist.

Ihnen nicht und keinem Paar sonst, das sich an dieser einen Stelle berührt hat. Wo wir Gefahr laufen, uns endlich ein wenig außergewöhnlich zu fühlen.

Phantastisch gar, in manchen Momenten.

Zu Hause.

Donnerstag, 27. Dezember
Sonnenaufgang 7:37 – Sonnenuntergang 16:46

Die großen Arkana

Heute Morgen machen Ato und Gianpietro keine Anstalten, aufzuwachen. In der Wohnung ist noch alles still und friedlich und ich habe zehn Minuten Zeit, um etwas Neues auszuprobieren. Also öffne ich das Weihnachtsgeschenk von Gianpietro.

Tarotkarten.

Das ist kein Zufall. Mein Ehemann hat eine Allergie jedem gegenüber entwickelt, der verspricht, mit dem Übernatürlichen in Verbindung treten zu können, und damit auch mich angesteckt.

Der Magier und *Die Hohepriesterin*. *Die Herrscherin* und *Der Herrscher*. *Der Stern*, *Der Mond* und *Die Sonne*. *Das Rad des Schicksals* und *Der Gehängte*. Ein Universum aus Symbolen, Versprechungen und Mahnungen entfaltet sich wie eine bunte Decke auf dem Küchentisch und in meinem Kopf.

Ich nehme immer jeweils eine Karte der großen Arkana zur Hand, lese die entsprechende Erklärung im Büchlein, fasse sie mit eigenen Worten zusammen und schreibe sie in ein Notizheft. Ich bin gerade damit fertig, als Ato endlich den Kopf durch die Küchentür steckt. »Bist du jetzt eine Hexe, Chia?«, fragt er mit ernster Miene, als ob ich in seinen Augen alles werden könnte, wenn ich es nur wollte.

Ich lächele. »Wer weiß? Stell mir eine Frage, zieh eine Karte und dann sehen wir mal.« Ich halte ihm den Kartensatz hin.

Ato rührt sich nicht. Er tritt von einem Bein aufs andere und rückt schließlich damit heraus: »Ich hab Schiss.«

»Aber das ist doch nur ein Spiel. Ich hatte noch nicht mal Zeit, zu lernen, wie man Tarotkarten richtig liest.«

»Harry Potter sagt, Magie ist gefährlich. Je mehr du dich über sie lustig machst, je mehr macht sie sich lustig über dich. Wie ein Klassenkamerad von mir: Wenn man einen Witz über ihn macht, verprügelt er dich. Manche Sachen rührt man lieber nicht an.«

Genau das, was ich ebenfalls immer gedacht habe. Doch meine zehn Minuten dienen auch dazu, wenigstens einen Moment lang nicht das zu denken, was ich immer gedacht habe. Also spiele ich selbst das Versuchstier und frage mit lauter Stimme: »Was muss ich tun, um aus dem Treibsand herauszufinden, in den sich mein Leben verwandelt hat?«

Ich mische die großen Arkana und ziehe eine Karte.

Der Narr.

Ich konsultiere meine Notizen: Der Narr *empfiehlt, sich nicht gegen die Veränderung zu wehren, sondern sie zu wagen*.

Jetzt läuft mir doch ein kalter Schauer über den Rücken.

Passenderweise klingelt in diesem Moment das Handy, um mich auf andere Gedanken zu bringen.

Es ist Dr. Carmine Pisacane, Atos Erzieher im Jugenddorf. Ein charismatischer Mann, der der Härte des Lebens, mit der er jeden Tag konfrontiert ist, seine sanfte Art, seinen gelassenen und verträumten Gesichtsausdruck entgegensetzt.

»Guten Tag, Signor Pisacane.«

»Guten Tag, Chiara.«

»Frohe Weihnachten!«

»Frohe Weihnachten auch Ihnen.«

»Ato geht es sehr gut. Wollen Sie mit ihm sprechen?«

»Nein, Chiara. Ich würde gern mit Ihnen reden.« Ich habe ihn noch nie in diesem Tonfall gehört. Was für ein Tonfall? Das könnte ich nicht genau sagen. Jedenfalls ein ungewohnter.

»Ist alles in Ordnung, Signor Pisacane?«

»Alles in Ordnung. Machen Sie sich keine Sorgen.«

Zu spät.

»Was ist denn los?«

»Nichts Schlimmes, Chiara, wirklich. Ich würde mich nur gern mal mit Ihnen zusammensetzen. Was halten Sie vom 2. Januar, gegen elf Uhr? Hätten Sie da Zeit?«

»Da habe ich Zeit, ja.«

»Chiara, keine Angst. Es ist alles gut, das versichere ich Ihnen. Wir müssen uns nur mal über Atos Zukunft unterhalten.«

Nur? Wir müssen uns *nur* mal über Atos Zukunft unterhalten? Ich heuchle Normalität, denn Ato sitzt gerade vor mir und sieht mich fragend an. »Schön, dann sehen wir uns also am 2. Januar.«

»Kommen Sie gut ins neue Jahr, Chiara.«

»Sie auch, Signor Pisacane.«

Ich lege auf. Ato hängt förmlich an meinen Lippen.

»Was ist los?«, fragt er ängstlich. »Ist er sauer auf mich? Hab ich was Schlimmes gemacht? Muss ich sofort zurück ins Jugenddorf? Kann ich nicht mehr bis zum Ende der Ferien bleiben?«

»Aber nein, keine Sorge. Er wollte uns nur frohe Weihnachten wünschen.«

»Aha.«

»Wirklich!«

Ato ist verständlicherweise skeptisch.

Ich halte ihm noch einmal die Karten hin: »Wenn du mir nicht vertraust, dann zieh eine Karte und frag sie, was Pisacane von mir wollte. Los!«

Jetzt lacht er, genau wie ich.

Schließlich wird auch Gianpietro wach. Er ist entzückt, mich mit seinem Geschenk beschäftigt zu sehen, und zieht liebend gern eine Karte. Mit der Antwort ist er nicht zufrieden, also zieht er noch eine ... Und so hat Ato Signor Pisacanes Anruf bald vergessen.

Ich hingegen kann den ganzen Tag an nichts anderes mehr denken.

Doch was auch immer Pisacane mir sagen will, was auch immer passieren möge: Wehre dich nicht gegen die Veränderung, bete ich mir vor.

Wage sie!

Freitag, 28. Dezember
Sonnenaufgang 7:37 – Sonnenuntergang 16:47

Ich wünsche mir

Gianpietro wird Silvester bei seinem neuen Freund verbringen. Nicht bei dem, der diesen Sommer mit uns in Formentera war. Einem anderen. Dem Richtigen, meiner Meinung nach. Das sagen auch die Tarotkarten, die ich ihm gestern auf meine spezielle Art gelesen habe, bevor ich ins Bett gegangen bin. Jedenfalls habe ich *Die Sonne*, *Das Rad des Schicksals* und *Die Welt*, die er nacheinander gezogen hat, so interpretiert.

Aber vor allem sagen es Gianpietros Augen, wenn er von ihm spricht. Und die Tatsache, dass er die männliche Form seines Namens benutzt: Michail. »Er ist Ingenieur und Russe«, war alles, was er mir erzählt hat. Doch das genügte schon. Er ist nicht Russin, sondern Russe. Er ist nicht Ingenieurin, sondern Ingenieur. Dahinter scheint sich endlich einmal etwas anderes zu verbergen als sonst. Etwas Ernstes. So ernst, dass Gianpietro für die letzten Tage des Jahres zu Michail nach Florenz fahren wird, wo der gerade seine Großeltern besucht.

Wir bringen ihn zum Bahnhof, und als der Zug abfährt, setzt Ato sein Montagmorgengesicht auf.

Auch ich bin heute Morgen mit schlechter Laune aufgewacht: nicht nur wegen Gianpietros Abreise und des mysteriösen Anrufs von Signor Pisacane, sondern auch weil es gestern eine Woche her war, dass ich zum letzten Mal in die gelben Augen Meines Ehemannes geblickt habe, dass ich zum letzten Mal seine sanfte Stimme gehört habe, dass ich den Geruch seiner Jacke und seines Autos eingeatmet habe, die mir mein Leben lang vertraut sein werden.

Die Zeit vergeht, er hingegen nicht. Er vergeht nicht.

Doch er ruft auch nicht an, um zu sagen: *Hör mal, ich hab nachgedacht. Lass uns wieder zusammen sein. So richtig und für immer.* Und ich schaffe es auch nicht, ihn anzurufen und zu sagen: *Lass uns wieder zusammen sein. So richtig und für immer.*

»Guck mal, Chiara: ein Baum, der so schön ist wie unserer!«, sagt Ato und deutet auf den riesigen Weihnachtsbaum, der jedes Jahr vor dem Hauptbahnhof aufragt. Vor ein paar Tagen war Ato offenbar zu sehr mit der Ankunft seiner Tante Piera beschäftigt, um ihn zu bemerken.

Wir gehen näher heran. Der Baum ist natürlich sehr viel eindrucksvoller als unserer. Ein ausgewachsener Tannenbaum, hoch und alles überragend. Und an jedem seiner Äste hängen Trauben von Zettelchen. Ich lese ein paar davon: Es sind die Herzenswünsche der Passanten für das neue Jahr.

Mir fehlt heute genau das, eine Hoffnung irgendeiner Art, deshalb bitte ich Ato: »Kannst du die Zeit für mich stoppen?«

Wie lange, muss ich inzwischen schon gar nicht mehr erwähnen.

Ich fange an, die Wünsche laut vorzulesen:

Ich wünsche mir, dass AS Rom die Meisterschaft gewinnt oder zumindest die Champions League erreicht oder Francesco Totti wenigstens den Torrekord bricht.

… dass das neue Jahr den Reichen die Einsicht bringt, dass es nicht schön ist, reich in einem Land zu sein, in dem Armut und Unsicherheit herrschen.

… einen Schwanz für meine Mathelehrerin, damit sie sich mal entspannt.

… dass Luca immer so bleibt, wie er ist.

… dass mein Leben sich ändert.

… dass ich meine Prüfungen bestehe.

… ganz viel Geld für eine Weltreise.

… dass alle Politiker verrecken.

… Flügel.

… ein sexuell ausgefülltes Jahr.

Ich habe in nur einer Nacht alles kaputtgemacht, was ich hatte, das hätte ich bitte gern alles wieder.

… ein schönes 2013.

… ein Mädchen, mit dem ich zusammen sein kann. Wenn du eins für mich hast, sag ihr, sie soll mich anrufen: 3 663 135 794.

… eine Babyborn-Puppe und ein Monopoly-Spiel.

… Liebe.

… dass Onkel Antonello gesund wird.

… that my family in Vietnam is always happy.

… einen süßen Typen, der Musik macht (keinen Bock mehr auf die Scheißrapper).

… inneres Gleichgewicht.

… dass Manuel endlich aufhört, Sabrina zu nerven.

Seit über zehn Jahren werde ich aus allen Wohnungen geworfen, verliere alle Jobs. Ich habe gar nichts mehr. Bitte lasst mich nicht auf der Straße landen.

Yamete yamete.

… dass Michael Jackson zurückkommt.

Ato gibt mir ein Zeichen, dass die zehn Minuten vorüber sind.

»Und du?«, frage ich ihn. »Was wünschst du dir für das neue Jahr?«

»Meine Familie wiederzufinden«, antwortet er, ohne lange nachzudenken. »Und du?«

»Ich auch, mehr oder weniger.«

Ato reißt die Augen auf, als würde er gleich in Gelächter ausbrechen – oder in Tränen, das ist schwer zu sagen. »Aber du hast doch eine Familie, Chiara. Du hast deine Mama, deinen Papa, deinen Bruder«, sagt er. Er sagt nicht: Du blöde Kuh, wie kannst du deine Situation bloß mit meiner vergleichen? Er sagt einfach: Du hast eine Familie, Chiara. Überleg doch mal, was für ein Glück du hast.

Und seine samtig-schwarzen Augen füllen sich mit Staub.

Ich drücke ihn an mich, was ich sonst nie tue – seine Verlegenheit bei jeglicher Gefühlsbekundung macht mich selbst so verlegen –, und flüstere ihm ins Ohr: »Du hast auch eine Familie. Du hast Pisacane, du hast das Jugenddorf. Du hast mich. Und du hast Tante Piera.«

Aber das ist nicht dasselbe, denken wir beide gleichzeitig.

Doch keiner von uns spricht es aus.

Und wir sind einander dankbar dafür.

Samstag, 29. Dezember
Sonnenaufgang 7:37 – Sonnenuntergang 16:47

Ikea

Giada ist in Vicarello geboren und aufgewachsen, zwei Häuser neben uns. Wir waren in derselben Kindergartengruppe, in derselben Grundschulklasse und auf demselben Gymnasium, zu dem wir gemeinsam nach Rom fahren mussten. Heute ist sie Lehrerin an einer Fördergrundschule in der Vorstadt. Sie ist mit Abstand das großzügigste Mitglied meiner Arche Noah und eine der wenigen Freundinnen, denen ich durch und durch vertraue.

Eine weitere ist Annalisa: Sie ist Schauspielerin am Theater, und ich habe sie erst vor einem Jahr bei einer Buchpräsentation kennengelernt. Ich sollte das Buch vorstellen und sie Auszüge daraus lesen, zwei Tage nach dem Anruf Meines Ehemanns. Ihre Frage »Alles in Ordnung?«, als sie mich vor der Präsentation auf der Toilette der Buchhandlung antraf, reichte aus, um mir klarzumachen, dass sie eine Freundin ist. Eine, die keine Angst hat, jemanden »Alles in Ordnung?« zu fragen, bei dem ganz offensichtlich überhaupt nichts in Ordnung ist. Und die vor allem bereit ist, die Antwort auszuhalten.

Wären Giada und Annalisa nicht gewesen, in diesem langen, langen Jahr, glaube ich nicht, dass ich überlebt hätte.

Heute Morgen zum Beispiel:

Ich würde gern zehn Minuten bei Ikea verbringen. Kommt ihr mit?

Das habe ich beiden per Mail geschrieben. Wenige Stunden später sind sie da und begleiten mich.

Giada fährt. Wir haben eine regelrechte Reise vor uns: Ikea liegt am anderen Ende der Stadt.

»Bist du wirklich noch nie da gewesen?«, fragt Annalisa.

»Nein, nie.«

»Wahrscheinlich weil dein Ehemann gesagt hat, was alle Männer über Ikea sagen«, meint Giada.

»Nein, bei uns war es anders. *Ich* war diejenige, die nie was von Ikea wissen wollte.«

»Kennt ihr diesen Song? *Die Liebe in den Zeiten von Ikea*, von Stato Sociale?«, fragt Annalisa und fängt an zu singen: »*Netto ohne Tara ist wie Ebbe ohne Meer, alles, was zerstört wird, stellt sich wieder her, Netto ohne Tara ist Liebe in den Zeiten von Ikea.*«

Giada fällt mit ein: »*Der Immobiliarismus ist eine Panazee, ein Mantra, das sich öffnet wie eine Nymphaea, der Immobiliarismus ist Liebe in den Zeiten von Ikea. Meine Kartons riechen nach dir, meine Kartons riechen nach dir ...*«

Ich kannte das Lied nicht.

Und nein, meine Kartons riechen nicht nach Meinem Ehemann, im Gegenteil. Ich hatte beschlossen, sie zu öffnen, als Ato mich zum ersten Mal besuchen kam und wissen wollte, was das für Kisten in der Gästedusche seien. Erst da habe ich sie endlich ausgepackt und die Bücher und Tassen für den Moment in den Schrank geräumt, in dem zuvor die Sachen Meines Ehemannes gelegen hatten.

Meine Kartons riechen nach Ato. Sie riechen nach dem Bedürfnis, Platz zu schaffen, das mit ihm Einzug gehalten hat.

»Atos Erzieher vom Jugenddorf hat mich angerufen«, erzähle ich Annalisa und Giada. »Er will mit mir über Atos Zukunft sprechen.«

»Wahrscheinlich möchte er nur über die Fortschritte reden, die Ato macht, seit er am Wochenende bei dir ist. Keine Panik«, sagt Giada. »Ich treffe auch einmal im Monat die Eltern der Schüler, die ich gerade betreue.«

»*Netto ohne Tara ist wie Ebbe ohne Meer* …«, singt Annalisa leise vor sich hin.

Als wir bei Ikea ankommen, rechne ich damit, einfach nur die Sekunden meiner zehn Minuten zählen und der Hölle dieses »Zu viel von Allem« so schnell wie möglich wieder entfliehen zu können. Doch es mag an der plaudernden Giada liegen oder an der singenden Annalisa, an der Tatsache, dass es der erste Samstag nach Weihnachten ist und nach dem Sturm eine schläfrige Ruhe herrscht: Dieses legendäre, furchteinflößende und zugleich verblüffende Ikea erscheint mir plötzlich wie ein Ort, an dem man sich wunderbar treiben lassen kann.

Ich kaufe eine schlichte Leselampe mit blau-weißem Schirm für meinen Nachttisch.

Vier Topflappen aus Gummi, für die nächsten Pancakes.

Eine kleine gelbe Gießkanne für meinen Salat und meine Chilipflanze.

Fünf Wandbretter aus hellem Holz für meine Bücher.

Zwei für meine Tassensammlung.

Giada kauft ein Dessert-Teller-Service.

Annalisa einen neongrünen Puff.

An der Kasse sehe ich auf die Uhr: Wir sind zweiundvierzig Minuten hier gewesen!

Ich will gerade die anderen darauf aufmerksam machen, als mich eine Hand an der Schulter berührt. Es ist nicht die Hand von Giada, die vor mir steht. Und auch nicht die von Annalisa, die neben mir steht.

Ich drehe mich um: Es ist die Hand einer jungen Frau mit grünen Mandelaugen, einem Helm aus blonden Haaren, der ein kleines Porzellangesicht umrahmt, und einem drahtigen und zugleich kurvenreichen Körper, der in ein Nerzjäckchen gehüllt ist.

Es ist die Hand von Tania Melodia. Ich erkenne sie gleich wieder, von dem Foto neben ihrem Liebeskummerkasten. Die Hand derjenigen, durch die meine Kolumne ersetzt wurde.

»Chiara! Ich kann's nicht fassen! Bist du das wirklich?«, ruft sie und umarmt mich. Sie zerrt am T-Shirt des Kerls, der neben ihr steht. »Bob, sieh mal, da ist Chiara!«, und ruft nach einem anderen Mann, der mit dem Rücken zu uns damit beschäftigt ist, die Grußkarten an der Kasse zu studieren. »Federico, komm mal her! Chiara ist hier!«

Sie wendet sich wieder mir zu: »Es ist eine solche Ehre, die Seite deiner Kolumne geerbt zu haben. Ich hab alle deine Bücher gelesen, weißt du das? Wir haben sehr viel gemeinsam, du und ich. Das hab ich dem Herausgeber gleich gesagt, als er mich angerufen hat, um mir deinen Posten anzubieten. Ah, da sind sie ja endlich … Chiara, das ist Bob und das ist Federico. Jungs, das ist Chiara!« Sie ist außer sich vor Freude.

Bob muss so etwas wie ein Personal Trainer sein: Er ist groß, hat ein unglaublich breites Kreuz und einen aufgeblasenen Bizeps, der aus seinem engen, durchsichtig-schwarzen T-Shirt hervorquillt.

Federico hingegen wirkt wie eine Art Jesus. Er hat lange blonde Haare, helle Augen und trägt einen Wollponcho und zwei Piercings, eines an der Lippe und eins an der Nase.

Sie schütteln mir herzlich die Hand, ohne ein Wort zu sagen. Das Reden übernimmt Tania: »Wir mussten einen Sprint durch die Schlafzimmerabteilung hinlegen, um die Paparazzi abzuschütteln. Können die uns nicht mal in Ruhe lassen? Sorry, Bob, sorry, Federico: Könntet ihr vielleicht ein Stück da rübergehen? Chiara und ich müssen mal kurz unter Frauen reden.« Bob und Federico sind folgsam und entfernen sich. Tania nimmt meine Hände in ihre und flüstert: »Ich kann einfach keinen von beiden aufgeben, was soll ich denn machen? Am Ende von *Big Brother* habe ich es versucht, weißt du. Aber es geht einfach nicht, ich kann auf keinen von ihnen verzichten. Also haben wir alle drei beschlossen, zusammenzuziehen. Und sind hierhergefahren, um ein Bett zu kaufen, aber wie du dir vorstellen kannst, ist es nicht so leicht, eines zu finden, das für uns alle passt … Sieh mich nicht an, als wäre ich ein Monster, Chiara, bitte! Für die beiden geht das in Ordnung, was ist also so schlimm daran? Man muss das Leben doch leben, wie es ist … Ich meine, man muss doch alles annehmen, was Gutes zu einem kommt, oder nicht? Oh, Chiara, ich hoffe, du hast mich nicht gehasst, als sie dich mit mir ersetzt haben!« Sie umarmt mich erneut. »Aber das Leben hat dir doch schon so viel geschenkt, oder? Du hast deine Romane. Du hast deine Intelligenz, deine Sensibilität. Wenn ein Pechvogel wie ich nicht auf der Berühmtheitswelle einer Realityshow mitschwimmt, worauf soll er dann noch hoffen?« Sie lacht. Und umarmt mich wieder. »Wollen wir Telefonnummern austauschen, Chiara? Tief drinnen habe ich immer gewusst, dass wir dicke Freundinnen werden würden, wir zwei. Versprichst du es mir? Dass du mich ab heute als Freundin betrachtest? Und dass du mich anrufst, egal was ist?« Sie lacht noch einmal. Umarmt mich noch einmal.

»Alles, was zerstört wird, stellt sich wieder her«, singt mir Annalisa leise ins Ohr. *»Das ist die Liebe in den Zeiten von Ikea.«*

Währenddessen hat Giadas ganze Aufmerksamkeit auf Federico gelegen: Er entspricht genau ihrem Ideal eines Mannes. Doch leider würdigt er sie keines Blickes. Er hat nur Augen für Tania Melodia.

Für meine Freundin Tania Melodia.

Sonntag, 30. Dezember
Sonnenaufgang 7:37 – Sonnenuntergang 16:48

Fast ein Kuss

Mit Atos Hilfe gelingt es mir, die Wandregale im Wohnzimmer anzubringen. Ich stelle die Bücher und die Tassensammlung hinein. Und erzähle Ato währenddessen von meiner Begegnung mit Tania.

»Ich habe mich nicht getraut, dir das zu sagen, weil du sie so gehasst hast«, gesteht er mir, »aber im Jugenddorf schau ich oft *Big Brother*. Und Tania war eine nette Kandidatin. Auch Bob und Federico waren total nett. Bob war der Schöne und Federico der Kluge.«

Völlig zu Recht wollte sich Tania Melodia keinen von beiden entgehen lassen.

Ich habe keine Ahnung, was es bedeutet, zwei Männer zu lieben. Jedes Mal, wenn Mein Ehemann und ich in unseren achtzehn gemeinsamen Jahren getrennt waren, habe ich in allen Männern, mit denen ich Affären hatte, immer nur ihn gesucht.

Außer in Stefano Lauro natürlich.

Das ist eine andere Geschichte.

Eine ganz andere.

Wir waren gerade im ersten Jahr unseres Studiums, Mein Ehemann und ich. Er hatte sich für Jura entschieden, ich für

Literatur. Doch außerhalb der Mauern des Gymnasiums, in dem wir uns kennengelernt und ineinander verliebt hatten, fühlten wir uns verloren. Ein bisschen so, wie wir uns in Rom verloren gefühlt haben, in dieser Wohnung. Damals schafften wir es jedoch, wieder zueinanderzufinden. Es dauerte fünf Monate, bis wir wieder ein Paar waren.

Stefano lernte ich in genau diesen fünf Monaten kennen. Er war ein Kommilitone von mir. Stefano war introvertiert, schweigsam und galant: genau das Gegenteil von Meinem Ehemann, der immer schon ein unverbesserlicher Egozentriker war, dazu redselig und ziemlich schlecht erzogen. Und somit unwiderstehlich für mich.

Stefano und ich spazierten zusammen auf dem Campus herum und verloren uns jeden Abend in endlosen und unsinnigen Telefongesprächen, die bis zum nächsten Morgen gehen konnten. Dabei redete hauptsächlich ich. Über die Krise mit dem Mann, der später Mein Ehemann werden sollte, über meine Krisen im Allgemeinen, über vergleichende Literaturwissenschaften, über gar nichts.

Und Stefano hörte zu.

Ich habe nie einen anderen Menschen kennengelernt, der das so aufmerksam konnte. Es war, als würde er reden, während er zuhörte. Ja, Stefano sprach, indem er zuhörte, und lief so nie Gefahr, eine Banalität zu äußern.

Ich habe keine Ahnung, weshalb wir uns in diesen fünf Monaten kein einziges Mal geküsst haben … Das habe ich mich oft gefragt. Und ich frage es mich auch jetzt.

Wegen des Banns, der die Körper derjenigen befällt, die uns am meisten überzeugen, fürchte ich. Weshalb wir uns schließlich mit unserem ganzen Selbst in jemanden verstricken, der uns in Wahrheit nicht vollkommen überzeugt. Und der uns von einem Tag auf den anderen plötzlich aus Dublin anrufen wird.

Vielleicht hat die Liebe etwas mit einem grundlegenden Verdacht zu tun. Mit einer Kontraindikation. Jedenfalls für jemanden wie mich. Denn für jemanden wie Tania Melodia, die eine wahre und unverkennbare Berufung für das Vergnügen hat, ist das nicht so. Nein, jemand wie sie nimmt sich »alles, was Gutes zu einem kommt«. Sie hat keine Angst davor, einfach nur glücklich zu sein, basta, sie braucht nicht den Vorwand einer Kontraindikation, um sich gehen zu lassen.

In den gelben Augen Meines Ehemannes blinkten von Anfang an zahllose Kontraindikationen auf. Bei Stefano hingegen spürte ich nie auch nur den Hauch eines Verdachts.

Er war haltlos romantisch und gefühlsbetont, las laut Tolstoi, ging gern allein nachmittags ins Kino und liebte es, kurz nach Sonnenuntergang am Tiber entlangzulaufen; er mochte Kamelien, Jeff Buckley und den Außenseiter-Fußballklub Atalanta Bergamo.

Und er mochte mich.

Doch geküsst hat er mich nie.

Ab und zu schreiben wir uns noch auf Facebook: Ich gratuliere ihm zum Geburtstag und er gratuliert mir. Mehr nicht.

Heute jedoch, inspiriert von Tania Melodia und einer Idee, die sich in mir Bahn bricht, logge ich mich für meine täglichen zehn Minuten ein und schreibe ihm: *Hallo! Hättest Du Lust, mich heute Nachmittag zu treffen?*

Stefano antwortet auf der Stelle.

Sehr gern!

Wir treffen uns an der U-Bahn-Haltestelle, wo auch diesen Sonntag wieder der Flohmarkt stattfindet. Diesmal sind jedoch tatsächlich Kleider die Protagonisten.

Wir laufen ziellos an den Ständen vorbei.

Stefano ist immer noch derselbe wie vor fünfzehn Jahren: die gleiche flinke Feinsinnigkeit im Denken, die gleichen sanften Gesten, das gleiche schüchterne Lächeln.

Ohne Kontraindikationen.

Mit meinen wie gewohnt schwindelerregenden und endlosen Wortschleifen erzähle ich ihm von meinem qualvollen Jahr.

In zwei Sätzen erzählt er mir von seinem. »Ich unterrichte immer noch Latein und Griechisch an dem Gymnasium, wo ich nach der Uni angefangen habe«, sagt er. Und dann: »Seit ein paar Monaten bin ich mit einer Kollegin zusammen, sie unterrichtet Französisch.«

Wir setzen uns in die Bar auf der kleinen Piazza und trinken eine heiße Schokolade.

Ich rede, rede, rede.

Und er hört zu.

Wir laufen durch mein Viertel, vorbei am *Stickparadies*, am Blumenladen und dem Geschäft des Chinesen. Ich grüße die alte Frau, die Wikingerin und den Chinesen.

»Obwohl du erst so kurz hier wohnst, hast du schon mit allen Freundschaft geschlossen, was? So kenne ich dich«, lächelt Stefano. »Du hast immer schon ein besonderes Talent für Menschen gehabt.«

Ich würde ihm gern erklären, dass mein besonderes Talent – falls ich es jemals gehabt haben sollte – seit einiger Zeit vor die Hunde geht und ich, wenn ich nicht durch ein gewisses Projekt dazu gezwungen worden wäre, niemals in der Lage gewesen wäre, mit diesen Menschen in Kontakt zu treten.

Stattdessen bleibe ich stehen und schließe die Augen. »Stefano?«

»Ja?«

»Küssen wir uns?«

Er schweigt.

Ich schweige.

Es vergehen einige Sekunden. Dann vergehen ein paar weitere Sekunden. Und noch ein paar.

Schließlich öffne ich die Augen. Stefano hat einen Ausdruck im Gesicht, den ich, wenn ich ihn nicht kennen würde, als verängstigt bezeichnen würde. Doch er ist wohl eher bedauernd. Und peinlich berührt.

»Chiara …«, murmelt er und fixiert die Spitzen meiner Turnschuhe.

»Stefano«, murmele ich und fixiere die Spitzen seiner Mokassins.

»Wenn du wüsstest, wie sehr ich mir einen Moment wie diesen vor fünfzehn Jahren herbeigesehnt habe.« Er versucht mir in die Augen zu schauen, schafft es jedoch nicht. Sein Blick kehrt zu meinen Schuhspitzen zurück. »Aber du warst einfach … unküssbar. So habe ich es eines Abends in mein Tagebuch geschrieben: *Chiara ist unküssbar.*«

»Weshalb denn? Du hast mir doch gefallen, sehr sogar.«

»Nein, das stimmt nicht«, widerspricht er. Und sieht mich endlich an. Mit seinen kastanienbraunen Augen, die so intelligent und ehrlich sind. So gut. »Oder vielleicht doch. Aber du warst so hoffnungslos und unrettbar in deinen Freund verliebt, da war für keinen anderen Platz. Jedenfalls nicht für jemanden, der das empfunden hat, was ich empfand.«

»Mir war nicht klar, dass du …« Unglaublich: Plötzlich bin *ich* die Schüchterne von uns beiden.

»Oh, doch. Du hast mir nicht einfach nur gefallen, Chiara. Ich war vollkommen verrückt nach dir. Wenn du willst, zeige ich dir mein Tagebuch von diesen Monaten. Ich weiß noch, was ich an dem Tag geschrieben habe, an dem ich dich kennengelernt habe. *Sie ist ein Mensch, dem ich gern den Rest meines Lebens beim Lachen zusehen würde*. Das habe ich geschrieben.«

Ich trete näher an ihn heran, nehme sein Gesicht in beide Hände. Er greift nach meinen Handgelenken. Und schiebt meine Hände sanft weg.

»Tut mir leid, Chiara, ich fühle mich zu sehr mit Sophie verbunden. Ich bin jetzt vollkommen verrückt nach Sophie.«

»Sophie?«

»Meine Kollegin …«

»Deine Französisch-Kollegin, natürlich. Verzeih mir.«

»Es mag lächerlich klingen …« Er starrt wieder auf meine Schuhe. »Aber wenn ich verliebt bin, dann kann ich nicht …«

»Klar, natürlich. Tut mir leid, bitte entschuldige.«

Ich versuche zu lächeln. Doch stattdessen ist mir nach Weinen zumute. Und eine Träne lässt sich schon nicht mehr aufhalten, sie rinnt mir über die Wange.

Stefano trocknet sie mit einem Finger und streicht mir über die Lippen. Ganz sanft, wie es seine Art ist. »Außerdem, hättest du wirklich unseren ersten Kuss dafür vergeuden wollen, deinen Mann zu bestrafen?«

»Das war nicht der Grund.« Nichts zu machen: Die Tränen haben nun freie Bahn und laufen ungestört über mein Gesicht.

»Sicher?«

»Nein!« Endlich lachen wir. Er lacht, und ich lache und weine gleichzeitig.

»Stefano?«, flüstere ich.

»Ja?«

»Wenigstens eine Umarmung.«

»Wie …?«

»Kannst du mich wenigstens einmal umarmen?«

Stefano breitet die Arme aus und ich schmiege mich an ihn. Er umarmt mich, wie man seine Großmutter umarmt, die gerade hundert Jahre alt geworden ist; wie ein Mädchen, das sich die Knie aufgeschlagen hat; wie eine unschuldige, sanftmütige Liebe ohne Kontraindikationen. Eine Liebe, die hätte sein können, aber nicht gewesen ist und nie sein wird.

»Danke«, flüstere ich in seinen Armen. »Und jetzt bleib so, Stefano, bitte. Wenigstens für einen kleinen Moment. Wenigstens für zehn Minuten.«

Montag, 31. Dezember
Silvester
Sonnenaufgang 7:38 – Sonnenuntergang 16:49

Harry Potter

Nun hat es also auch 2012 geschafft: Es ist an der Endstation angelangt. Ich habe Ato gebeten, mir zu diesem Anlass etwas zu schenken. Er soll sich für mich überlegen, was ich heute in meinen zehn Minuten mache.

Dieses Jahr ist zweifellos das schlimmste und anstrengendste meines bisherigen Lebens gewesen. Mich wieder dem Wunsch eines anderen Menschen zu fügen, und sei es nur für zehn Minuten, gibt mir das Gefühl, an diesem Tag nicht ganz so einsam zu sein.

Ich habe nicht die leiseste Idee, wie ich diesen Abend verbringen werde, um nur einen Grund für meine Einsamkeit zu nennen. Ato geht zu einer Party an seiner Schule, Gianpietro ist mit seinem neuen Freund in Florenz, Rodrigo mit seiner Liebsten auf den Kapverden, Giada soll Animateurin bei einem Kinderfest spielen und Annalisa ist zu ihren Eltern nach Apulien gefahren. Keiner der Menschen, mit denen zusammen ich gern das Jahr 2012 hinter mir lassen würde, steht zur Verfügung.

Ato steckt den Kopf durch meine Tür und sieht, wie ich auf dem Bett eine Kerze mache.

»Ich habe mich entschieden«, sagt er und reicht mir ein Buch: *Harry Potter und der Stein der Weisen*. »Das ist das erste aus der Serie. Es kann nicht sein, dass du das noch nicht gelesen hast. Wirst sehen, nach zehn Minuten kannst du nicht mehr aufhören. Du willst es auslesen und auch mit den anderen anfangen.«

Schön, eine gute Idee.

Das Beste im Leben sind all die interessanten Erfahrungen, die uns noch bevorstehen: Das ist es, was mich das Zehn-Minuten-Projekt lehrt. Und dazu gehören auch die Bücher, die alle anderen gelesen haben, ich selbst aus irgendeinem Grund jedoch noch nicht.

Ich fange an. Wie Ato mir prophezeit hat, verfalle ich schon nach zwei Minuten und drei Seiten in eine Trance, die ich nicht mehr verlassen will, als der Wecker mir sagt, dass zehn Minuten um sind.

Also lese ich weiter.

Ich erfahre von Harrys wundersamer Geburt, wie er bei seinem furchtbaren Onkel und seiner schrecklichen Tante aufwächst und wer dieser berüchtigte Cousin Dudley ist, dem Ato mit seinen kurzen Haaren fürchtete ähnlich zu sehen. Und schließlich mache ich mich mit Harry auf den Weg zu seiner Schule Hogwarts, wo ich Hermine und Ron begegne.

Ato klopft wieder an meine Tür: Es ist Zeit fürs Mittagessen.

Ich bitte ihn, sich heute ausnahmsweise eine Tiefkühlpizza warmzumachen. Ich kann nicht mit ihm essen. Ich muss lesen. Und als mir gerade bewusst wird, dass es gar nicht so übel wäre, dieses Silvester mit Harry, Albus Dumbledore, dem furchterregenden Voldemort und Hagrid dem Riesen zu verbringen, klingelt das Telefon.

Ich hebe ab, ohne die Augen vom Buch abzuwenden. »Hallo?«

»Hallo, Mister Magoo.«

Es ist, als würde sich Harrys Tarnmantel auf mein Inneres herabsenken. Ich fühle plötzlich überhaupt nichts mehr und klappe das Buch zu.

»Was machst du heute Abend?«, fragt Mein Ehemann.

»Keine Ahnung.«

»Ich würde dich gern sehen.«

»Wieso?«

»Weil ich glaube, dass der Moment gekommen ist, mal ernsthaft miteinander zu reden, Magoo.«

»Schon wieder? Haben wir nicht schon viel zu viel geredet?«

»Vielleicht. Aber ich muss noch mehr mit dir reden. Und wenn es das letzte Mal ist.«

»...«

»Oder auch das erste richtige Mal.«

»...«

»Magoo?«

»Weißt du, was *ich* dagegen muss?« Ich stelle es im selben Moment fest, in dem ich es ausspreche.

»Was denn?«

»Schweigen. Gemeinsam. Mit dir. Die ersten zehn Minuten des Jahres 2013. Danach kannst du mir sagen, was immer du willst. Aber zehn Minuten lang sagen wir nichts. Wir schweigen einfach nur zusammen. Das haben wir noch nie gemacht in unseren achtzehn Jahren. Bitte!«

»Wenn dir so viel daran liegt ...«

»Ja, mir liegt so viel daran.«

»Möchtest du vielleicht zum Essen zu mir kommen? Mein Kollege ist nicht in der Stadt, wir hätten also die Wohnung für uns.«

Ein von Voldemort geschleuderter Blitz hätte nicht mehr schmerzen können: *Zu mir!* Das Haus seines Kollegen ist also inzwischen das Zuhause Meines Ehemannes.

»Nein. Wir treffen uns vor dem Gemüsegarten in Vicarello. Um drei Minuten vor Mitternacht. Dann können wir uns kurz begrüßen und anschließend sofort schweigen.«

Mein Ehemann ist perplex. »Okay … Wenn du willst, kann ich dich auch mit dem Auto abholen und wir fahren zusammen nach Vicarello.«

»Nein danke. Ich habe zu viel Angst vor dem, was wir uns während der Fahrt sagen würden.«

»Magoo, alles in Ordnung?«

»Ja. Das heißt, nein. Das heißt, ciao. Bis später.«

Ich lege auf, gehe ins Bad und schaue in den Spiegel.

Ich muss mir unbedingt die Haare waschen, es schaffen, wenn schon nicht wie eine Frau, dann zumindest wie ein menschliches Wesen auszusehen. Momentan gleiche ich eher einem ungekämmten Gespenst im Schlafanzug. Das bis eben noch dachte, es würde Silvester mit Harry Potter in Hogwarts verbringen. Und nun stattdessen in Vicarello sein wird, mit seinem Ehemann.

Dienstag, 1. Januar
Sonnenaufgang 7:38 – Sonnenuntergang 16:49
Der Mond im ersten Viertel 7:16

Pssst!

00:01

00:02

00:03

00:04

00:05

00:06

00:07

00:08

00:09

00:10

»Frohes neues Jahr!«

»Frohes neues Jahr, Mister Magoo!«

Wir sitzen im Gemüsegarten von Vicarello, zwischen den Tomaten und dem Wirsing. In der Ferne, über dem See, explodieren die ersten Feuerwerkskörper.

Unsere Gesichter nähern sich einander. Wir küssen uns.

Ein, zwei, drei Minuten lang.

Dann noch einmal.

Während das Feuerwerk verrücktspielt, unsere Hunde zitternd im Hof stehen, unser Haus uns von hinten schützt, uns die Kälte nichts anhaben kann und sich die Nacht wie eine Decke über uns legt. Bis die Dämmerung hereinbricht, ohne um Erlaubnis zu bitten, und uns auf der feuchten Erde vorfindet, die Beine ineinander verschlungen, mein Bauch an seinem Rücken – so wie damals, als wir noch eine Einheit waren und uns alle Körperhaltungen, die wir während des Tages einnehmen mussten, vollkommen sinnlos erschienen, wenn sie nicht diese waren.

»Was wolltest du mir so Wichtiges sagen?«, frage ich ihn.

Er dreht sich um und streichelt mir über das Haar. Streichelt meine Schultern. Küsst mich auf die Augen. Und sagt: »Ich bin verwirrt, Magoo. Ein Teil von mir will so gern zu dir zurückkommen und für den Rest des Lebens bei dir bleiben. Doch der andere weiß, dass es wieder Momente geben wird, in denen wir uns nicht verstehen, weitere Siobhans, weitere Anrufe aus Dublin. Dieser Teil will einfach nur in den Tag hinein leben, genau so wie ich es jetzt tue … Manche Regeln der Ehe sind nicht für mich gemacht, dessen bin ich mir inzwischen sicher. Und sie werden nie für mich gemacht sein. Das ändert aber nichts daran, dass du der einzige Mensch bist, der für mich zählt, der wichtigste … Anderen Menschen kannst du es vielleicht weismachen, Magoo, aber mir nicht: Auf die anderen magst du wie eine erwachsene Frau wirken, und du kannst dir selbst vormachen, eine zu sein. Aber ich kenne dich. Ich weiß, wer du bist. Du bist ein unsicheres Mädchen mit langen Zöpfen und wirst das immer bleiben. Ein wunderbares Mädchen mit langen Zöpfen, das nicht Autofahren und nicht für sich sorgen kann, das nicht weiß, wie man sich richtig ernährt, und in seine Ängste verstrickt durch die Welt stolpert. Das einen Mann braucht, der dieses Mädchen beschützen kann, wenn auch auf seine Art. Einen Mann, der erahnt, was sogar es selbst nicht über sich weiß. Du brauchst *mich*, Magoo. Schließe endlich Frieden mit dieser offenkundigen Wahrheit. Lass uns aufhören, uns so damit zu schinden, das zu führen, was die anderen eine glückliche Ehe nennen … Nimm mich so, wie ich bin. Das Leben ist zu kurz, um die Verpflichtung einzugehen, ein anderer Mensch zu werden … Findest du nicht?«

Mittwoch, 2. Januar
Sonnenaufgang 7:38 – Sonnenuntergang 16:50

Wie ein Sohn

Carmine Pisacane blickt mich an. Er sitzt hinter seinem Schreibtisch im Büro des Jugenddorfs. Dann sieht er aus dem Fenster. Ato spielt im Hof Fußball mit seinen Dorfmitbewohnern.

»Er wirkt ganz unbeschwert«, sagt er lächelnd. »Ato hat mir erzählt, dass er wunderschöne Weihnachten bei Ihnen verbracht hat. Genau so hat er es gesagt: wunderschön.«

Signor Pisacane strahlt wie üblich eine große Ruhe aus. Friedlich und redselig zugleich sitzt er mir gegenüber, erzählt von der Silvesterfeier im Jugenddorf, plaudert über Inter Mailand und das letzte Bruce-Springsteen-Konzert.

Ich hingegen bin angespannt. Sehr angespannt. Sobald er endlich dazu ansetzt, von Ato zu sprechen, platzt es aus mir heraus: »Was ist los?«

Pisacane lächelt immer noch. »Nichts, Chiara. Es ist gar nichts los. Jedenfalls nichts Schlimmes, keine Sorge.«

»Ihr Anruf hat mich etwas beunruhigt.«

»Das tut mir leid. Da ist etwas, worüber wir reden müssen, das stimmt. Aber es könnte auch eine große Chance bedeuten.«

»Was heißt das?«

»Sie wissen ja, dass das Jugenddorf Kinder ab zwölf Jahren

aufnimmt. Wenn sie volljährig werden, müssen wir eigentlich einen Platz in Immigranten-Unterkünften für sie finden oder ihnen helfen, Arbeit zu suchen, damit sie sich eine eigene Wohnung mieten können.«

»Ja.«

»Manchmal machen wir jedoch Ausnahmen, wie zum Beispiel bei Ato. Er wird bald neunzehn Jahre alt, aber aufgrund seiner besonderen Situation haben wir beschlossen, uns um ihn zu kümmern, bis er die Schule abgeschlossen hat.«

»Ja.« Ich habe keine Ahnung, worauf Pisacane hinauswill, und bringe nichts anderes heraus.

»Das Jugenddorf hat jedoch seine Regeln.«

»Ja.«

»Und von einem Bewohner wie Ato, der die Altersgrenze bereits überschritten hat, müssen diese Regeln umso mehr respektiert werden. Wir erwarten uneingeschränkte Anwesenheit und Mitarbeit. Es ist uns sehr wichtig, dass die Jugendlichen an den Versammlungen und am Dorfalltag teilnehmen.«

»Ja.«

»Nein.«

»Wieso ›nein‹?« Ich erwache aus meiner Starre.

»Seit Ato die Wochenenden bei Ihnen verbringt, ist er häufig abwesend. In letzter Zeit bleibt er auch montags bei Ihnen. Das fällt den anderen Jugendlichen und den Erziehern auf. Ebenso ist nicht unbemerkt geblieben, dass sich Ato während der Weihnachtsferien nicht ein einziges Mal hier hat blicken lassen.«

»Das tut mir leid. Es ist sicher meine Schuld, dass er montags bei mir bleibt, statt ins Dorf zurückzukommen.« Ich senke den Blick. »Tut mir wirklich leid.«

»Schuld? Leid? Chiara, darum geht es nicht!«

»Worum denn dann?« Ich habe wirklich keine Ahnung, worauf er hinauswill.

»Es geht darum, dass Ato eine Entscheidung treffen muss. Möchte er weiter im Dorf wohnen? Oder möchte er ausziehen?«

»Rein oder raus. Wenn er in der Tür stehen bleibt, blockiert er den Verkehr. Ja, sicher«, denke ich laut.

»Wie bitte?«

»Ach, nichts, nichts.«

»Chiara.« Pisacanes Stimme nimmt plötzlich wieder den Tonfall an, den sie am Telefon gehabt hat. »Chiara«, sagt er noch einmal. Und dann: »Könnten Sie sich vorstellen, Ato ganz bei sich aufzunehmen, zumindest bis er mit der Schule fertig ist?«

»Ato? Bei mir?«

Ato.

Bei mir.

»Der Junge hat enorme Fortschritte gemacht, seit er Kontakt zu Ihnen hat. Er ist sorgenfreier, zieht sich weniger in das Schneckenhaus zurück, in das er vor seinem Schmerz geflüchtet war, grübelt weniger. Und – wenn Sie mir erlauben, das zu sagen – ich glaube, dass auch Sie sehr an ihm hängen und Ihnen die Beziehung guttut.«

»Das stimmt.« Pisacane weiß natürlich, was mir im vergangenen Jahr geschehen ist. Ihm das zu erzählen war eine Grundvoraussetzung für den Vertrauenspakt zwischen uns, der nötig war, damit Ato an den Wochenenden zu mir kommen darf.

»Es würde sich nicht viel an den Umständen ändern, wenn Ato zu Ihnen zöge. Sie kommen ja jetzt schon finanziell für ihn auf. Ato ist unabhängig, er ist fast neunzehn Jahre alt. Sich um ihn zu kümmern wäre nicht so, als müssten Sie für ein kleines Kind sorgen, das völlig auf Sie angewiesen ist, um zu überleben. Trotzdem geht natürlich eine gewisse Verantwortung damit einher. Eine große Verantwortung. Er wäre wie ein Sohn für Sie. Ein großer, halbwegs eigenständiger Sohn. Doch trotz allem ein Sohn. Würden Sie sich das zutrauen?«

Donnerstag, 3. Januar
Sonnenaufgang 7:38 – Sonnenuntergang 16:51

Spring!

»Und ich, Dr. T., ich hab gesagt: ›Ja! Ich traue mir das zu.‹«

»Eine große Verpflichtung.«

»Vielleicht finden Sie das verrückt, aber bevor ich geantwortet habe, habe ich auf die Uhr geschaut: Pisacane hatte genau zehn Minuten lang über Ato geredet, als er mir schließlich den Vorschlag machte, ihn in meine Obhut zu nehmen. Keine Minute mehr, keine Minute weniger. Und da wurde mir klar: Heute sollen dies meine zehn Minuten sein.«

»Wie gesagt, eine große Verpflichtung.«

»Finden Sie?« Dem Blick nach zu urteilen, den sie mir zuwirft, scheint sie eigentlich etwas anderes sagen zu wollen. Nämlich dass es schön ist. Und richtig. »Ich weiß natürlich, dass es eine große Verantwortung ist, die ich da auf mich nehme, aber …«

»Aber?«

»Ich glaube, es gibt Menschen, bei denen es uns keine Mühe kostet, sie aufzunehmen. Die schon längst Teil unseres Lebens geworden sind, ohne dass wir es richtig gemerkt haben, weil wir in unserem Kopf mit irgendetwas anderem beschäftigt waren.«

»Das glaube ich auch.«

»Ato ist bereits Teil meines Lebens. Es geht nur darum,

sieben Tage die Woche statt nur dreieinhalb mit ihm zu verbringen.«

»Stimmt.«

»Und genauso gibt es Menschen, bei denen wir uns nicht bemühen müssen, sie aus unserem Leben zu werfen. Weil sie schon gar nicht mehr Teil unseres Lebens sind. Sie sind längst aus ihm verschwunden, ohne dass wir es gemerkt haben.«

»Sie sprechen von Ihrem Mann.«

»Ja. Als er mir an Silvester seinen Vorschlag unterbreitet hat – wenn man es so nennen will –, habe ich gespürt, wie eine Hand mich hier, an der Gurgel, gepackt und ganz fest zugedrückt hat.«

»...«

»Und dann habe ich geweint. Ich konnte gar nicht mehr aufhören. Es war ein Weinen, das anders war als sonst, mehr wie ein Asthmaanfall. Es hatte etwas Primitives, Animalisches. Aber ... ich weiß nicht, wie ich es erklären soll ... Ich habe nicht aus Enttäuschung darüber geweint, dass er mir so einen absurden Vorschlag macht. Ich habe geweint, weil die Frau, von der er gesprochen hat, keine Ähnlichkeit mehr mit mir hat. Und ich habe geweint, weil er, wie er so geredet hat, keine Ähnlichkeit mehr mit dem Mann hatte, in den ich verliebt war. Und in den ich immer verliebt sein werde. Mit dem ich für alle Zeit einen einzigen tiefen Kern bilden werde ... Dr. T.?«

»Ja?«

»Veränderung ist tödlich.«

»Chiara?«

»Ja?«

»Veränderung bedeutet Leben.«

»...«

»…«

»Heute ist der letzte Tag meines Zehn-Minuten-Projekts.«

»Ja, der Monat ist um.«

»Wissen Sie, was mich überrascht hat? Es mag unendlich viele Möglichkeiten geben, zehn Minuten auszufüllen, wenn man sich ein paar Gedanken darüber macht. Aber was mich am meisten verblüfft hat, ist das, was schon *vor* dem Zehn-Minuten-Projekt alles da war. Zum Beispiel das Jugenddorf. Meine Mutter. Gianpietro. Elisa18. Giada. Annalisa. Die neunundachtzig Menschen, die ich zu meiner Weihnachtsparty eingeladen habe. Die Geschäfte bei mir direkt um die Ecke. Der Roman, von dem ich nicht dachte, dass ich ihn in mir hatte, und der doch ganz offensichtlich irgendwo vorhanden war, wenn ich jetzt nicht mehr aufhören kann, ihn zu schreiben. Kurz und gut … Ich habe keine Beziehung mehr. Ich habe kein Zuhause mehr, das sich wirklich anfühlt wie mein eigenes, und ich habe eine Arbeit verloren, die ich sehr mochte. Ich habe keine feste Achse mehr. Aber das Leben, das sich um diese Achse dreht, die es nicht mehr gibt, ist gar nicht mal so schlecht.«

»Sehen Sie, Chiara? Das Leben selbst ist die einzige mögliche Achse. Das Leben ist Achse und Rad zugleich.«

»…«

»Und, Chiara? Was haben Sie sich für heute überlegt, für das große Finale?«

»Rodrigo, mein Geigerfreund, ist zurück in Rom. Er hat mich gefragt, ob ich mir mit ihm ein Stück von Antonio Rezza ansehen will, den er gut kennt. Wissen Sie, wer das ist?«

»Natürlich.«

»Ich habe noch nie etwas von ihm gesehen. Aber angeblich ist dieses Stück besonders gut. Es heißt *Bruch X*. Bei jeder

Aufführung braucht Rezza zwei Personen, die genau zehn Minuten lang auf der Bühne herumspringen, während er einen Monolog hält. Na ja, und dank Rodrigo sind diese beiden Personen heute Abend Ato und ich.«

Antonio Rezza hat ein unverwechselbares Gesicht, seine Augen sprühen vor Ideen und der Energie desjenigen, der sie der Welt unbedingt mitteilen will. Sein Stück *Bruch X* handelt von der Vereinfachung unserer selbst, der Reduzierung auf einen Bruchteil von uns. Es handelt von unserem Ich, das unser Freund sein müsste, jedoch unsere Vielfalt zerstört. »Das Ich reduziert uns darauf, Ehefrauen oder Ehemänner, Ato, Antonio oder Chiara zu sein. Und vor allem darauf, dass wir daran glauben«, erklärt er uns.

Es reduziert uns darauf, zu glauben, dass wir bis in alle Ewigkeit unsichere Mädchen mit Zöpfen sein werden, überlege ich.

Wir hören ihm hingerissen zu, bis er uns schließlich fragt: »Ihr seid also meine zwei Springer für heute Abend?«

Ja, sind wir.

»Sehr schön. Zieht euch aus und folgt mir, dann erkläre ich euch, wann und wie ihr auf die Bühne kommt.«

»Ausziehen?«, frage ich.

»Ausziehen?«, wiederholt Ato.

»Ja«, sagt Rezza eilig. »In dem Monolog geht es um Untreue. Um Rita und Rocco, ein Paar in der Krise. Der Mann und die Frau, die springen, während ich spreche, müssen nackt sein, zumindest der Oberkörper. Hat euch Rodrigo das nicht gesagt?«

Nein, hat er nicht. Doch zwischen der Option, meinen Oberkörper zu entblößen, und der, jemandem mit den Augen Antonio Rezzas einen Korb zu geben, wähle ich lieber die erstere.

Und streife mein T-Shirt über den Kopf, als gäbe es nichts Natürlicheres.

Ich folge Ato, der wiederum Antonio Rezza hinter die Bühne folgt. Ich stelle mich in Position, warte, bis es im Zuschauersaal dunkel wird, warte darauf, dass die Bühnenlichter angehen und Antonio Rezza seinen Monolog über den Betrug beginnt.

Ich lächle Ato an. »Jetzt sind wir dran«, flüstere ich.

Wir gehen auf die Bühne und kauern uns jeweils hinter eines der Tücher am Bühnenrand.

Und während Antonio Rezza die Bühne mit der Wucht und Poesie seiner Visionen füllt und ich darauf warte, dass er mein Stichwort »Rita« sagt, um zu springen, denke ich nach.

Darüber, dass es wahr ist: dass wir Bruchrechnungen vertrauen, die naturgemäß falsch sind. Doch dass wir zugleich panische Angst vor Brüchen im Leben haben, die naturgemäß notwendig sind. Und dass eine Trennung nicht zwingend das Ende einer Erfahrung bedeuten muss. Im Gegenteil, sie kann ihr erlauben, bis in alle Ewigkeit fortzudauern.

Ich denke an mein Haus in Vicarello, an meinen Exmann, an meine Kolumne.

Ich sehe Ato an, der zusammengekauert mit nacktem Oberkörper darauf wartet, dass Antonio Rezza »Rocco« sagt, um zu springen.

Und ich denke an das, was ich erlebt habe, an das, was ich erleben werde, an das, was ich jetzt gerade erlebe.

Denn in all den unendlichen Vereinfachungen gibt es ein Element, nur ein einziges, das wir nicht täuschen können. Und dieses Element ist die Zeit. Die ganz schnell zu vergehen scheint, wenn wir glücklich sind. Und sich unendlich lange hinziehen kann, wenn wir verzweifelt sind. Die jedoch immer da ist. Mit einer langen, wundersamen Aneinanderreihung von zehn Minuten, die uns zur Verfügung stehen.

Mit den meisten dieser zehn Minuten können wir machen, was wir wollen. Doch es gibt Momente, in denen es uns nicht gelingt, diese Gelegenheit zu ergreifen. Es gibt Momente, die uns sogar wie ein Unglück erscheinen.

Aber zum Glück gibt es auch Momente wie diesen.

In dem Antonio Rezza »Rita« und »Rocco« sagt.

Und wir springen müssen.

Springen.

Und das war's.

Inzwischen ist ein weiteres Jahr vergangen.

Im Juni ist Ato mit nur einer Fünf, zwei Dreien und sonst lauter Zweien versetzt worden.

An manchen Tagen rege ich mich über ihn auf, vor allem wenn er verspricht, den Müll runterzubringen, und ihn dann im Aufzug vergisst, oder wenn ich auswärts esse und er mir versichert, dass er auch etwas essen wird, ich dann jedoch feststelle, dass er es nicht getan hat.

Doch die meiste Zeit läuft alles gut zwischen uns.

Um ihm die Möglichkeit zu geben, weiter dieselbe Schule zu besuchen, die nur vier U-Bahn-Stationen entfernt ist, habe ich den Mietvertrag der Wohnung noch einmal um zwei Jahre verlängert.

Ende Januar hat der Kopfsalat angefangen zu sprießen.

Die Chilipflanze hat es nicht geschafft.

Gianpietro ist mit seinem russischen Freund Michail zusammengezogen.

Und mein Exmann mit der Exfrau des Kollegen, bei dem er das Zimmer gemietet hat. Dann haben sie sich getrennt und er ist mit einer Freundin der Exfrau des Kollegen zusammengekommen, bei dem er das Zimmer gemietet hat. Im August hat er sich auch von ihr getrennt und ist wieder nach New York gegangen, um Mojitos zu mixen.

Seitdem habe ich nichts mehr von ihm gehört.

Was mich betrifft, so habe ich den Führerschein gemacht und meinen Roman veröffentlicht. Ich habe eine neue Kolumne in einer Wochenzeitschrift und eine andere hat mir – Ironie des Schicksals – ihren Liebeskummerkasten anvertraut.

Zuweilen bin ich glücklich und zuweilen traurig.

Eine neue Liebe habe ich noch nicht gefunden.

Doch ich denke oft an das Zehn-Minuten-Projekt zurück.

Dann sage ich mir, dass, wenn es auf der Welt Menschen gibt, die Geige spielen, die Windeln wechseln, die Amateurpornos drehen, Hip-Hop-Tanz unterrichten, Pflanzen säen und Harry Potter lesen, es unter sieben Milliarden mindestens einen geben wird, der genau auf mich wartet – in den zehn Minuten, in denen ich ihm begegnen werde.

MIX
Papier aus verantwortungsvollen Quellen
FSC® C083411

Die Originalausgabe erschien 2013 unter dem Titel *Per dieci minuti*
bei Feltrinelli Editore, Mailand

Umschlaggestaltung: ZERO Werbeagentur, München
Typografie: Birgit Thiel, Berlin
Gesetzt aus der Weiss von Greiner & Reichel, Köln
Druck und Bindung: CPI – Books GmbH, Leck
Printed in Germany
ISBN 978-3-8270-1262-3

www.berlinverlag.de